GAEA

GAEA

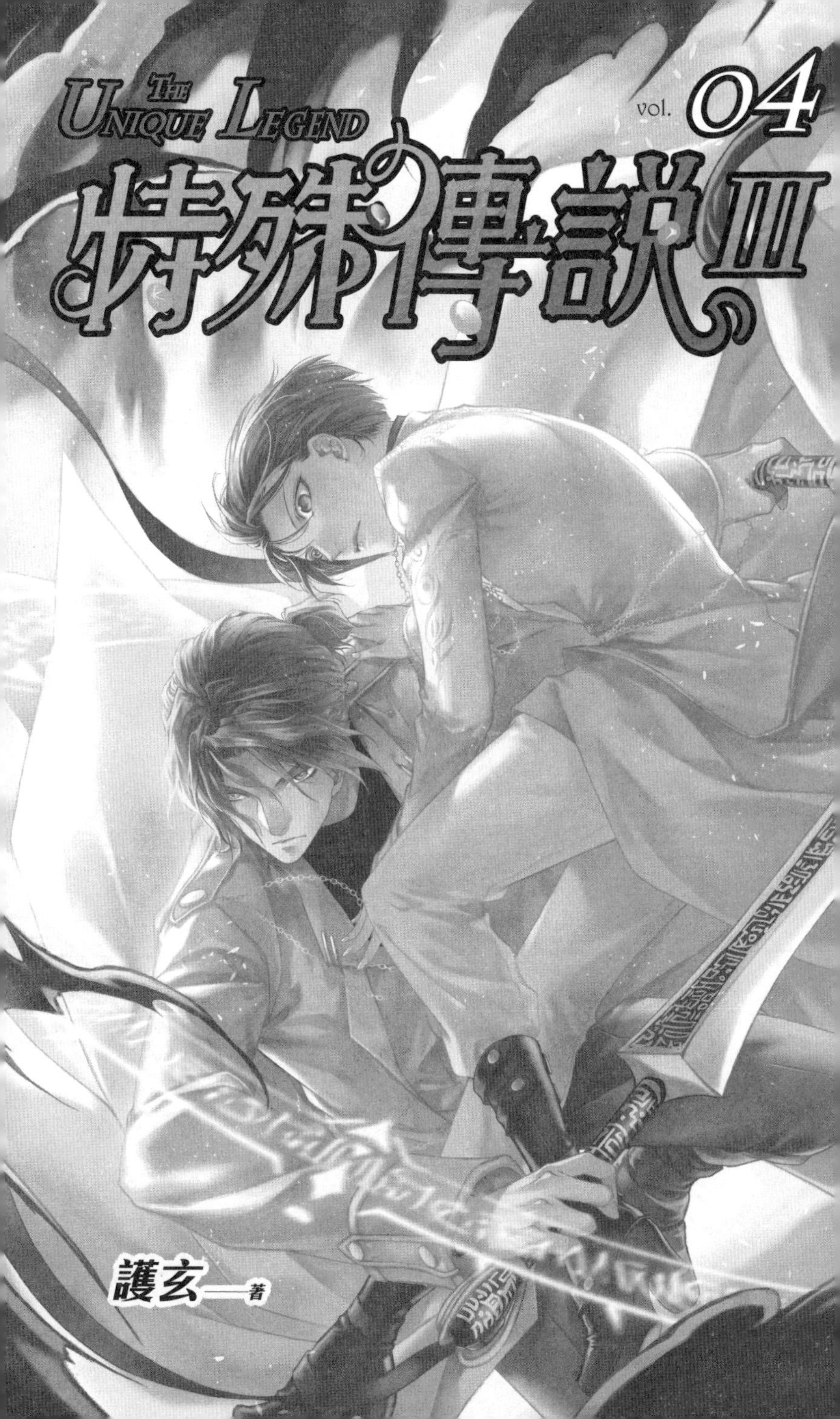
The Unique Legend
vol. 04
特殊傳說 III
護玄——著

特殊傳說 III

vol. 04

目錄

特殊傳說 III

THE UNIQUE LEGEND

Atlantis 學院

姓名：褚冥漾（漾漾）
種族：妖師
班級：高中三年級C部
個性：平時有些被動，但堅毅善良。對各種事物很常在腦內吐槽。
喜好：好吃的食物
身分：凡斯先天力量繼承者

姓名：颯彌亞．伊沐洛．巴瑟蘭（冰炎）
種族：精靈、獸王族混血
班級：大學一年級A部
個性：凶暴、謹慎。
喜好：書、睡
身分：黑袍、冰牙族三王子獨子

其他

姓名：米納斯妲利亞
種族：？
個性：冷靜睿智，在守護主人上極具耐心與溫柔。
喜好：教化另一個幻武兵器
身分：褚冥漾的幻武兵器之一

姓名：希克斯洛利西（魔龍）
種族：妖魔
個性：直爽嘴賤，喜歡有趣的人事物。
喜好：？
身分：褚冥漾的幻武兵器之一

姓名：雪野千冬歲
種族：人類
班級：高中三年級C部
個性：有點自傲，只對自己承認的人友善。
喜好：書、朋友、哥哥
身分：情報班

姓名：萊恩・史凱爾
種族：人類
班級：高中三年級C部
個性：性格沉穩，日常瑣事上很隨意。
喜好：飯糰、飯糰、飯糰
身分：白袍

姓名：藥師寺夏碎
種族：人類
班級：大學一年級A部
個性：溫柔鄰家大哥哥，但其實個性淡泊，不太喜歡與人深交。
喜好：養小亭、研究術法與茶水點心
身分：紫袍

姓名：西瑞・羅耶伊亞（五色雞頭）
種族：獸王族
班級：高中三年級C部
個性：爽朗、自我中心，一根筋通到底。
喜好：打架、各種鄉土戲劇與影片
身分：殺手一族

姓名：米可蕥（喵喵）
種族：鳳凰族
班級：高中三年級C部
個性：善良體貼，人緣極佳。
喜好：喜歡學長、烹飪、小動物，以及很多朋友。
身分：醫療班

姓名：哈維恩
種族：夜妖精
班級：聯研部 第三年
個性：嚴肅，對忠誠的事物認真負責，厭惡腦殘白色種族。
喜好：術法研究、學習
身分：沉默森林菁英武士

姓名：式青（色馬）
種族：獨角獸
個性：美人希望是怎樣就怎樣！
喜好：大美人小美人
身分：孤島遺民

姓名：殊那律恩
種族：鬼族
個性：安靜少言，偶爾會隨意地捉弄人。
喜好：術法鑽研
身分：獄界鬼王

姓名：深
種族：無
個性：沉穩，堅毅寡言。
喜好：百靈鳥、黑王、毀滅世界
身分：陰影

姓名：褚冥玥
種族：妖師
班級：七陵學院附屬假日研修生
個性：冷靜幹練，氣勢強悍。
喜好：逛街、漂亮的飾品
身分：凡斯後天能力繼承者、紫袍巡司

第一話　古地圖

雪野家受創嚴重，各地分支的資源與人力不斷地被調回本家。然而神鎮山完全破毀無可逆轉、本家城池幾乎全毀，再加上毒沼裡充斥的詛咒怨恨及毒素一時半刻無法清理，可確認的是，原本靈氣濃郁的天選之地不能再住人，神諭之所的核心必須盡快遷移。

另外，當時因爲觀禮，有許多來慶賀的訪客在本家被捲入狂信徒與黑術士的攻擊，雪野家又莫名封閉整座城不讓外援進來，進而出現嚴重損失與傷亡，這些後續追究持續發酵。

本家家主重創與當代龍神主墮神後殞落，許多長老、術士、精怪神靈和直系子弟覆滅在墮神戰裡，更是嚴重打擊了雪野一族，就算龍子現世和各勢力前來幫忙，整個神諭之所的聲勢依然不斷往下墜，更別提原先就與他們不對盤的七葉家，見獵心喜地開始發動一連串攻勢，所有神諭之所在外發展的相關產業都被壓迫得很慘，損失慘烈。

此後不久，家族還發現墮龍神與數名懷有惡意的龍在本家潛伏甚久，想要謀奪遺骨，因此造成那些身爲菁英的祖先前輩們的隕落，備受眞相打擊。

不過這些事情都是後話了，目前還沒傳入祭龍潭，禁地以外仍一團亂。

外界震盪的同時，祭龍潭內什麼聲音都沒有，那些在入口焦急等待的雪野家人一個也沒能進來，更別說傳遞隻字片語了。

夏碎學長清醒後仍很虛弱，應該說這傢伙剝離的靈魂和邪神碎片一起被燃燒，僥倖對拚燒贏，本來回來後該好好休息，學長還幫他畫了大量穩定精神、靈魂的精靈術法，結果這人片刻閒不下，直接衝入戰場把龍神力量灌給他弟，亂來的程度沒有當場斃命都能算運氣爆棚。

千冬歲抓著他哥哭完之後就陷入一片沉默，只敢紅著眼睛戰戰兢兢地在一邊檢查他哥的狀況，字都不敢吐一個，似乎很怕他哥突然又粉碎，擔心二字全寫在臉上。

其實我滿能理解的。

事情到現在已經算很清楚，雪野家的長輩們恐怕被墮龍神及家主說服或動搖心智已有不短時間……不，也許整個本家族人都有被影響，包括一直敬重家主的千冬歲；加上墮龍神能誘引人心深處的好戰本能，這場本家內部兩敗俱傷的惡鬥有很大一部分源自於禍印的戰爭本源，其次才是墮神族與黑術士的打擊。

如果禍印的影響在前，後續家主對千冬歲的精神打擊無疑是雪上加霜，更別提還有個龍神試煉。

仔細想想，千冬歲一直看著他哥在死亡邊緣反覆蹦跳，扛到現在也不容易了。

我搜尋挑揀了些神社裡的物品，除了祭祀用的物件外，沒受到波及的地方還找出了部分預備用品，雖然不多，不過杯碗總是有的，加上千冬歲下屬交給我的那包東西，我很快地煮了些熱水，溫熱之後先餵給夏碎學長一些，再按照他的吩咐扶起他，半靠著矮桌坐起。

一直守在旁邊的千冬歲很擔憂地幫忙扶著他哥，隨手在周邊點開幾個術法陣，瞬間調動來的靈氣連我這個還沒完全恢復的人都受益，感到腦袋輕鬆不少。

「龍神們……是否沒有回應？」夏碎學長淡淡咳了聲，臉上依舊沒什麼血色，很蒼白。

「是的，雖然很微弱，不過我可以感覺到龍神境那邊氣氛很不好，這次的事引起龍神境內鬥，可能會持續好一陣子。」千冬歲連忙點頭，正開口想說點什麼，幽潭的遠端、應該是上方入口那邊傳來震動聲響，他皺起眉，神色出現一絲惱怒。「我去處理他們……哥你……好好休息。」

聽起來大概是有比較高強的東西在撞擊千冬歲的結界，程度和我進來時遇到的那些人不同，波動大得連我都可以感覺到，我抬頭看了眼上方，然後拍拍千冬歲的肩膀。「我會照顧夏碎學長。」如果他又想逃跑，我會先打斷他的腿。

千冬歲還有點躊躇，最後咬牙點了下頭，立時消失在我們面前。

我回過頭想問夏碎學長目前的狀況，倏地看見他凝視著千冬歲消失的那處，一雙紫色的眼睛裡有著說不出來的冰冷和淺淡怒意，不過只有一剎那，轉過來望向我時又恢復原先的表情。

「你們辛苦了。」

當時其實我是有點懾於夏碎學長那個我從沒見過的恐怖眼神，無溫的神情讓人有種背脊被凍住的駭然感，彷彿是越過我們看見了某種不該看或不該知道的東西，並且引發他心底最沉重的怒氣。我被那種可怕的氣勢噎住，因此沒馬上回話，所以尷尬了兩秒，空白的腦袋裡急忙想找個話題填補──

「學長還沒醒，學長超亂來的要拿命換你和千冬歲，還嗑藥嗑到快洗腎，現在力量嚴重失衡在治療。」

夏碎學長：「……」

我：「……」

潛意識就先告狀了。

算了，反正遲早都要告，不如先告。

而且夏碎學長也很亂來，我期待他們事後狗咬狗，互把對方打一頓。

戰後的寧靜幹啥用的，自己人互殺時間專用。

「我知道了。」夏碎學長拍拍我的頭，微笑了下：「你也辛苦了，幸好你們都沒事。」

「我還好，千冬歲在試煉……」我頓了下，想起看見的試煉，有點乾澀地改口：「千冬歲很苦，夏碎學長你……」

夏碎學長豎起食指放在唇邊打斷我的話，隨即低聲說道：「我明白，我看見了。」

「咦？」我愣了愣，猛地意識到他的意思。「夏碎學長你知道？全部？」他知道千冬歲的試煉內容？我們都只來得及趕上最後那場，但是他看見全部嗎？

我瞬間明白夏碎學長爲什麼會那麼緊急趕進戰場。

「……應該說，我的一小片意識也在那場試煉當中，只是不方便告訴你是哪處，龍神試煉與大家都有關聯，我同是這場試煉的一部分；而且我並沒有你們想像中那麼早昏迷，爲了爭取機會，我一直留有極少的意識。」夏碎學長嘆口氣，沉沉地咳了幾聲，雪白的臉上有些無奈。

「他太傻了，如果不是過度執著我進而被禍印影響，他應該可以處理得更好。即使將我身上神祖的力量用來穩固他的生命，還是無法完全修復當時潰散的缺損，而試煉與禍印造成的內心傷痕恐怕不會簡單地平復，未來必須請你們多加照顧他。」

「我知道，我們是朋友。」千冬歲的狀況大家都看在眼裡，我也覺得那種程度的發狂不會馬上就穩定下來，我妖師天生的能力可以隱約感覺到他心裡還潛伏著不安定的黑暗，更別說之後他還得面對他的家族。不過在那之前，眼前這位同樣也沒有讓人安心到哪裡去，尤其是剛才我看到的那一瞬。「那麼，夏碎學長你呢？」

在這一切之後，他又將如何？

眞的如先前所說，和千冬歲一起返回雪野家族嗎？

其實歷經了這些事情，雖然我一個外人來講不太合適，但我會希望他們別回去了，不管投靠藥師寺或雪谷地，甚至是我們妖師，都會比接下雪野這個爛攤子好很多。

還有，他眞的從此之後一點芥蒂都沒有嗎？

被強壓上那麼多痛苦，有可能把大夫人的事情全都拋棄嗎？

他只是不把傷痕露出來，但並不是沒有。

夏碎學長笑了笑，似乎看出我在想什麼，於是說：「有些事情，我已經想通應該怎麼去處理，而不是繼續執著下去。」說著又拍了一下我的頭。

這時候我突然反應過來——這傢伙果然看見試煉了！他正在回報我揉他的五歲幻影腦袋！

等等，那是因爲你五歲可愛才好玩啊！我長這麼大又不可愛你還玩得下去也太厲害！

「你們在幹什麼？」

千冬歲的聲音陡然插入，把我嚇了一大跳，因爲他回來時完全沒有氣息，幾乎是瞬間出現，這也表示了現在我們力量的差距。

夏碎學長收回手，看著他又整個僵硬起來的弟弟，開口詢問：「外面如何？」

「有長老請神來衝擊結界，沒事的，我已經把他們驅離了。」千冬歲眼巴巴地看著他哥，握了握對方的袖子後趕緊鬆手，低下頭翻找他心腹送來的那包東西，有點小小的慌張。「哥你要吃點什麼嗎……你剛醒來……」

「你要回雪野家嗎？」夏碎學長反握住千冬歲的手腕，阻止他慌亂的動作，帶著一如往常的溫柔笑容。「你明白我的意思，如果你不想回去，我不會勉強你，我知道你只是想洗清關於我與母親的那些事情、讓所有人對我們道歉，並非一定要我回去不可。」

「我……」千冬歲咬著下唇，露出非常委屈的神色，像做錯事的小孩。

「龍神們一時半刻無法回應，關於龍神境的事能壓後再說，而且龍神境不管如何，與我們也沒有太大的關係。」夏碎學長安撫地拍了拍千冬歲的手，像是想要鼓勵他說話。「我知道你也擔心其他人，我們可以離開，返回醫療班總部，在那裡可以更好地治療我和大家的身體。」

說到醫療班，我就想到萊恩他們的狀況，包括學長在內，還有很多人沒有清醒，哈維恩他們也須要再調養，這次大家接連越級打怪傷勢慘重，的確不適合繼續留在這裡。

「你不擔心其他人嗎？萊恩與米可蕥呢？」似乎看穿千冬歲的掛念和恐懼，夏碎學長把語氣放得很溫和，重複了剛才的話：「龍神既然暫時無法回應，我們留在這裡徒增風險。巫神和米可蕥已經修復過我的身體，我只是神魂虛弱了些，剩下的調養讓醫療班來會更好，可以不必用祭龍潭的大陣守護，你不要怕。」

千冬歲猶豫了半晌，終於緩慢地點了頭。「去醫療班……我想找萊恩和喵喵……而且也必須處理禍印對我造成的影響……」

我看他多少記得自己發狂時的事情，暗暗嘆口氣。當時我比較晚到戰場所以還好，可是第一時間阻攔他的萊恩和喵喵遭到同伴接二連三的攻擊，雖然照他們兩個的性格是絕對不會放在心上，可是千冬歲必然有著強烈的歉意。

「不過，在去之前還有一件事。」大概是受到他哥的友善鼓勵，千冬歲一點一點地收掉慌張，努力讓自己呈現平常該有的樣子。「必須先把祭壇這邊處理乾淨。」

處理？

這兩個字用得有點奇妙，我看了看千冬歲，又看看似乎一點都不意外的夏碎學長，突然想到千冬歲會衝進祭龍潭恐怕還有另外的原因。

「我們在接受力量傳承時，或多或少從龍神那邊看到了一些關於先祖的事情。」夏碎學長勾起唇：「祭龍潭有些東西，我有預感褚你可能也必須看看。」

千冬歲踏上祭龍潭水面。

一絲金色火焰在他腳底劃開，慢慢地來回繪製出古老龐大的陣法，看規模，竟然要覆蓋整片地下潭水。

我盯著金火，莫名覺得力量比我先前感受到的弱很多，戰場上千冬歲使用的金焰壓倒性地強悍，到現在我都還牢牢記得前幾天被反噬的痛苦，現在居然只剩不到二分之一左右的強度。

小小聲詢問夏碎學長這種變化會不會對千冬歲往後有影響，他想想也低聲回答：「這是沒辦法的事，一來他當時使用力量是在極度憤怒中沒有留手，後來還燃燒性命轉化能量，加上他召喚噬神濁與崩潰的種種消耗造成不可逆的損傷；二來是九鵠目先祖切分給禍印的力量原本就很少，以我那份先祖少許力量取代原先完善的血脈力量，能留下這樣的強度已經算很不錯。」

想想，我嘆了口氣，禍印拚命惹瘋千冬歲大概也有想讓他崩掉力量的原因吧。

……

……

等等。

我轉頭看向夏碎學長。

這位先生你也知道得太清楚了吧？

你應該是剛清醒還不知道戰場上實際狀況的設定吧？為什麼講得好像你知道一樣？

所以你是我們前腳剛踏出去戰場你就醒了嗎？還是您一直在等我們離開好聚氣偷溜？您是不是眞的很想被打斷那雙萬惡的腳腳啊？

「夏碎學長究竟什麼時候醒的？」看著身邊紅藍條尚未補滿就頂著血皮開始興風作浪的某人，我認眞把我的疑問掏出來。

「如果指的是神鎮山詳細的一切，是後來再次沉睡時，透過夢境連繫看見並補充細節的，包括你們進入本家發生的些許。」夏碎學長很大方地告訴我：「小白是位很可愛的朋友，不是嗎。」

「……」

千冬歲回去後可能會把間諜小白打成肉醬吧，我就說那隻犬神從頭到尾都不對勁，原來還是個監視器。

我凝視著透出淡淡笑意的夏碎學長，有點毛骨悚然，於是我決定保持沉默，等學長清醒再報告學長，讓他們內部自滅好了。

這世界就是這樣，你狂任你狂，總有一天找到方法讓你業障爆炸。

來互相傷害啊！

這邊悄悄話差不多結束，千冬歲那邊的準備也完成了，水面上覆蓋滿滿的圖騰，交纏溝通，隱隱透出霸道，逐漸引動整個祭龍潭內的氣流，原本刻在山壁上的群龍像是活了起來，竟然紛紛轉出頭顱，全部一致面向潭水陣法中心，貌似在迎接某個存在到來。

千冬歲吟唱一小段我聽不懂的歌謠，隨後做出祈禱的姿勢，發光的陣法上緩緩浮現偌大輪廓，下方水潭震出許多漣漪圈圈，大量水珠不受地心引力般不斷向上飄浮並凝滯空中，折射陣法光後亮晶晶的，彷彿無數小小寶石勾勒出一道道華麗又璀璨的光影。

深色的巨型龍形虛影飄浮在我們前方，原本不小的空間瞬間擁擠起來，一雙紫金色的眼眸自高處溫柔地俯瞰著我們，許多古代文字從祂的眼前閃爍而過，接著編織成線狀環繞在修長的身體周圍緩緩流動。

我扶著夏碎學長對上那雙眼睛，不需其他人多說，腦袋自然而然知道，這就是最早與雪野家結契的龍神——九鴆目。隨著形體逐漸清晰，一股壓力隱隱壓下，雖然不至於感到不適，但也有種不怒而威的強悍存在感。

如果不是因爲知道龍神早死了，我搞不好會錯認這是某個分魂，畢竟壓力還滿強的，有一

定程度容易讓人誤認……不對。

「嗯？」凝視著龍神，我有點遲疑，這樣正對上眼睛卻沒受到什麼氣勢反彈還是恐怖感？

「這是……意念虛體。」夏碎學長看著龍神的幻影，微微皺起眉。

「嗯，其實不難發現，具有一定的血脈力量並繼承家主之位就可以開啓，不過現在看來我已經是特例。」千冬歲彈出一個光點，龍神的幻影就開始說出一些很普通的話，內容大致是激勵晚輩要持有正念，幫助白色種族與各種和平的存在，然後結尾是龍神們會照看著一切，不可以做壞事之類的。

簡單來說，這幻影有點像某種家訓廣告影片啊！

「這應該是九鴆目神祖留下的最後意念與話語，原本用意只是訓誡後人不可以作惡，以及傳授一些獨特術法、知識給後代。」千冬歲手指在空中畫了幾個圖案，正在講廣告詞的幻影身上緩慢飄出各式各樣不同顏色的光點，連我都可以感覺得出來那些斑駁的力量不太一樣。「這些分離出來的殘留力量屬於不同龍神，也就是說，有不少龍神利用神祖留下的意念，可能控制了幻影說過或做過不同的事，於是導致雪野家有了神祖一直還在的錯覺。」

我想了想，理解千冬歲的意思。

先不論其他龍有什麼用意，禍印那些想要謀奪力量的龍應該都是用在蠱惑族人和獻祭上了，畢竟被神祖鼓勵與認同和被其他人推動的意義不一樣，而且還可以讓整個雪野家族誤以為神祖猶在，繼續上供與聽從龍神們的安排。

某方面而言，雪野家代代相傳的歷史很多是被假造的也真的夠哀小。

「兩位龍王應該會證實這件事。」千冬歲揮散了幻影。

「又或許祂們原先就知道這件事呢……」夏碎學長低聲開口。

因為聲音很小，在旁邊的我只聽到前面這一句，不確定千冬歲有沒有聽見，不過他同時身體一僵，但沒有開口。

「罷了，這些還得等兩位龍神的回應。」夏碎學長搖搖頭，神色有點感嘆。

千冬歲想想，不置可否地散掉殘存的外來力量，整個龍神幻影變淡了許多，壓迫感也跟著降低。

就在這時，幻影突然一頓，那雙原本只有溫柔卻顯得有些呆滯的雙眼出現一抹神采，接著再次傳來略微低沉的聲音：「後代不應擁有吾分予龍神境的力量……龍神境已經有人迫害吾等所留的人之子，而被反殺取走代價了嗎？」

夏碎學長與千冬歲同時一震，兩人警戒地看著顯然留下後手的龍神神祖，連我也察覺到這段話語很可能並不曾出現在雪野家族的歷史，而是在發現如千冬歲這種狀況時才會開啓。

九鴆目笑了笑，彷彿早就知道會發生這樣的事。「敗於人之子的同族算是咎由自取，然此間事了，未來必定還有遭到力量迷惑者會下殺手。殺龍者，你可選擇是否尋找吾等的眞身遺骨融合成爲龍身，從此進入龍神境掣肘貪婪者、守護你的族人。」

「不選。」千冬歲連想都沒想，直接拒絕幻影的提議。「我請求抹除關於眞骨遺骸的所有線索蹤跡。」

「喔？這倒有趣了，你不想得到龍體與進一步的轉化力量嗎？」九鴆目微微側了下巨大的腦袋，似乎對於千冬歲的選項感到有意思。

「我們原本就不應該過度依附他界種族，您已經是放下一切、選擇與愛人離世的存在，就請兩位先祖徹底長眠，不必再擔憂這世界未來的發展，未來由活著的生命來延續並承擔。」千冬歲回答得很硬：「還有，其實我一點都不想得到這些力量，更別說進龍神境當偉大的守護者，我沒有那麼博愛，該破產就破產、該衰敗就衰敗，雪野一族並不是歷史大族，我們做好我們自己就夠了。」

「好！」龍神幻影大笑起來。「如你所願，今後再也不會有人能得到吾等的眞身遺骨的消息，不過另一件該屬於你們的東西，還是交至你們手上吧。」

說完這些，龍神形體化作大量光點，與那些寶石般的水珠像一場如夢似幻的星雨墜落。

在這其中，一幅巨型圖案出現在我們面前。

那是一大片密密麻麻的地圖。

這幾年在外跑跳加上看過一些別人的記憶，我勉強認出了一小部分，畢竟曾看過黑王和三王子等人的記憶——

恐怕是很古老的世界地圖。

地圖上有著各式各樣我看不懂的標示點與文字。

「古地圖。」夏碎學長輕聲地說。

「……古地圖比現代通用的地圖大很多，輪廓好像也差異不小。」我想了想，有個想法：「現今的地圖是古地圖破碎重組的嗎？」如果世界就是這個世界，那麼古地圖這麼廣大顯然有點怪異。

「沒錯，現今的世界經歷過許多歷史戰爭，其中不乏各種時空變動與切割，造成眾多維度扭曲傾斜，例如守世界和原世界。」夏碎學長的聲音很輕，但正好可以清晰地傳入我們耳裡，語氣不急不緩，沒有太多情感，冷冷靜靜地回應我的問題。「現今的自由世界便是這些古地圖分割出來的各地總稱，它們既存在同個世界，也不存在同個世界。」

這可能和我聽過的「其實世界有分層」的概念類似吧，第幾度空間之類的。

這麼看起來，守世界恐怕還有很多不存在地圖上的分區分塊，例如被封鎖的某些居住地或天空島那種，比我認知的地球世界大很多，不過守世界有空間連結、也彼此知道，所以大致上還可以算在一起，但人類的原世界似乎就只曉得地球所標的那些了。

我不經意地來回查看古地圖，發現有些標點特別閃亮。「這是什麼標記？」

古地圖上有大量各種標記，閃閃爍爍地看著像夜空星幕，不過裡面有幾處特別引人注目，顏色與氣質和周遭其他的不太一樣，繁星中一眼就注意到它們。

「八大種族歷史詩。」

這次回答我的是千冬歲，他循著上面的光點開口：「我想應該是所知最初始八大種族相應的位置。」

隨著他的說明，我可以分辨出來確實有八處那種特別顯眼的亮晶晶地方。

八大種族那首敘述歌我看過，於是點點頭，看來是標記領首八大種族在古戰場中的所在點。

就不知道爲什麼龍神要把古地圖展示給我們了，祂化爲光雨後直接蒸發，而古地圖在數分鐘後也開始變得淺淡。

千冬歲快速把整張地圖複製下來。

沒多久，整個祭龍潭再度回歸於平靜，就連那些石龍都把頭轉回去，好像從來沒有動過。

隱隱可以感覺祭龍潭裡出現種凝滯感，似乎要進入酣眠。

「接下來祭龍潭會封閉很長一段時間。」千冬歲從水上走回來，把地圖給我一份。「我們離開吧。」

「我去通知哈維恩和九瀾先生他們要轉回醫療班總部。」我打算去找其他人。這時間哈維恩他們應該還在原本的地方，正好一起離開。

「不用，我傳訊給他們，我們直接去醫療班。」大概是不想再讓他哥有什麼變化，千冬歲一把抱起人，無視他哥一言難盡的表情，腳下瞬間出現大型的移送陣法，颳起的風把他們兩個人的黑髮捲出一些漂亮的弧度。

說真的他們現在這狀況真的很像雙胞胎，有、有點想摸頭髮。

還有，晚一點哈維恩大概又要帶著棄婦的表情來找我了。

❀

千冬歲的陣法不知道是怎麼傳的，我們幾乎眨眼就到達目的地，但不是按照一般跳點傳到醫療班總部外面入口，而是在內部戒備森嚴的中央大廳。

我都還來不及訝異千冬歲的傳送速度變這麼快狠準，眼前突然轟的一個吼聲，接著就是一張超級大的嘴巴在我面前張開，當然有附帶銳利的整排牙齒。

下秒，嘴巴整個炸開，連同後面的腦部、喉嚨全部爆裂，大量體液和牙齒碎肉砸在我們的結界上，邊發出濃濃的氣味邊下滑。

「……」

該說公會正常發揮嗎？

失去腦部的是株三層樓高的植物，可能是食人花變種版什麼的，反正我們就正好出現在這株暴走的食人花面前，然後趕上食人花被爆頭的瞬間。

食人花爆炸的同時，整座大廳全都安靜下來，那些來來往往的眾多藍袍與其他袍級、相關人員停頓了幾秒，活像被按下暫停鍵，不過畢竟是訓練有素，很快又恢復原本的反應和動作，沒有譁然也沒有圍觀，除了正在捕捉食人花的兩人之外，只有一名藍袍快步朝我們走過來。

「九瀾先生沒有一起回來嗎？」藍袍一邊把我們帶到旁邊，一邊陪笑地說那是草藥營養過剩拔根衝出，已經是今天從藥圃大逃亡的第二棵了。

我突然很疑惑醫療班平常到底給大家吃什麼了。

「九瀾先生應該等等過來，還有其他人可能會一併轉回。」我想了想，說道。稍早千冬歲遞聯絡時，另外那邊的人確實也說差不多都穩定了該回醫療班。

「好的，九瀾先生出發前就已囑咐我們要準備好神傷的後備調養，只等剩餘的人回來。」藍袍點點頭，附帶說了句：「當時公會緊急發布任務地點時，九瀾先生可是第一個出發的人呢，他很關心你們。」

第一個？

我回憶了半晌公會來援的順序，九瀾並不是第一個到來的，看來他是繞去帶西瑞和血靈，不過他們怎麼就確定那時候要帶上血靈？

或者他們最近都和血靈混在一起，所以血靈才會跟著行動？

還沒想出個所以然，月見已匆匆到來，大手一伸直接幫忙扶著夏碎學長往旁邊的移動病床一塞，在千冬歲的死亡視線中堅強地開口：「你們兩位都和我來，褚同學的話，利爾在……」

「我想先去找米可蕥和萊恩，晚點再去利爾那邊報到。」我連忙打斷對方的安排，知道他要安排我先去接受治療，我確實還沒恢復完全，旁邊的藍袍都在盯著我看了，眼睛裡面寫滿了「抓起來抓起來」的恐怖渴望。

醫療班，依然驚悚如常。

月見大概是覺得抓到夏碎學長他們這種半死不活的比較重要，也沒有駁回我的意見。「也可以，你跟著路可走吧。」

路可就是來接迎我們的醫療班，個子有點小，外貌有點可愛，有著亞麻色的短鬈髮和有些雀斑的臉，外表看起來很像高中生，不過見多了娃娃臉老人，我也不敢隨便用平輩態度對待。

千冬歲雖然很想一起去找萊恩，不過他得先把他哥放到可以有效囚禁那雙腿的地方，於是說等等立刻過來。

目送千冬歲他們離開後，我跟著還有點想把我抓起來關的藍袍上上下下走了段路，接著被帶進重症區走廊，我本來還有點僥倖的心一點一滴地下沉。

我一直期待可以看見醫療班神救援之後活蹦亂跳的萊恩。

遠遠就看見有兩個人站在走廊盡頭的門口正在交談，沒看見喵喵，兩人都是我認識的，一個是血淚代導人時期的丹恩．史凱爾，萊恩的弟弟；另一個則是莉莉亞，手上還提著東西，注意到我們後，他們便停下交談。

我有陣子沒見到莉莉亞了，陸續有聽喵喵說她和奴勒麗一起出任務，被虐得很慘，現在看見久違的人外表竟然改變了不少，如果不是先聽到聲音，猛一看我差點認不出來。

「幹嘛？見鬼了？」莉莉亞嗤了聲。

「欸不，妳頭髮呢？」我驚愕地看著成熟不少的少女。

莉莉亞原本有一頭長髮，經常會紮成有點可愛的雙馬尾，現在已全部剪掉只留下帥氣短髮，給人剽悍颯爽的感覺，身上的白袍造型也變得完全不同，整個人抬頭挺胸，很有精神，目光炯炯且帶了些銳利自信與王族特有的優雅高貴，身高還增加了一點，與我剛認識時候的模樣簡直差了十萬八千里。

不知道從什麼時候開始，大家逐漸蛻去初時的年輕智障，越來越人模人樣了。

「剪啦，出任務時不小心被燒掉一些，想想也是有點麻煩，乾脆全剪了。」莉莉亞聳聳肩，雲淡風輕地帶過她頭髮的話題，很爽快地說：「你看起來變了不少，而且也長高了。」

「呃對，有長一點。」我不好意思地摸摸後腦，轉向站在一邊的丹恩。

進入學院後的這段時間，本來的小小少年也抽高許多，以前外放的狂妄都收掉了，現在看上去比較內斂，且輪廓眉眼隱約與兄長漸漸相像，但一雙略凶惡、帶有野性的眼睛還是可以說明這個弟弟不好惹，特別是他現在心情相當不好。

「我哥到底發生什麼事情？」果然沒有什麼久違的打招呼，丹恩直接咬牙低吼：「爲什麼他傷這麼重？你們在幹嘛？他那個紅袍搭檔在幹嘛！」

我正要開口回答，房內先傳來了極淡的嗓音：「丹恩．史凱爾，進來。」是萊恩的聲音。

第二話　拆夥

我沒想到萊恩已經醒了，因爲回來前聽到的消息是還在昏睡治療，於是我已做好要看一堆人昏迷的心理準備，現在整個意外驚喜，正想跟著進去，莉莉亞突然抓住我的手臂，把我扯到一邊，那張剛剛還帶著豪氣的面孔出現陰鬱和憂慮。

路可見我們有話要說，就先進病房，還好心地帶上門把我們隔離在外面。

等門關上、確認聲音不會傳進去後，莉莉亞才鬆開手，語氣放得很輕：「待會兒不要亂說話，他現在須要好好休養。」

「……？我知道他得好好休養。」見女孩臉上警告意味濃厚，我本來因爲萊恩清醒而有點開心的情緒整個往下掉。「情況很糟糕嗎？」

莉莉亞皺起眉，浮現難過的神色，她甩甩頭，重複了剛剛的話：「總之，別亂講話。」

接二連三被警告後，我也意識到萊恩的狀況恐怕不樂觀，於是默默跟著莉莉亞進房。

醫療班準備的單人房出乎意料地大，幾乎是個總統套房，除了旁邊有小房間方便陪伴者休息，還有簡易的廚房小吧台，外頭更有個寬闊陽台與優美的庭院風景，自殺逃脫兩相宜，不太像之前那種關袍級用的小黑屋。

原先做好準備會看見木乃伊般的萊恩，沒想到進門後看見的是個外表幾乎完好無缺的萊恩，身上除了三、四處比較嚴重的傷口還包紮著，其餘差不多都完全癒合，只留下淡淡、不顯眼的痕跡，整體看上去有點虛弱、感受不到力量，不過氣色與精神似乎算還好。

「你們聊聊，別亂吃東西喔，當心捱罵，嘗點味道就好。」檢查過狀況，路可看了眼莉莉亞手上沉重的盒子，有點不太滿意地離開房間，體貼地將空間留給大家。

萊恩已半坐起來，手上端著一杯水，鬆亂頭髮後的目光轉向我。

「抱歉我來得很趕，沒有帶探望禮。」我連忙坐到床邊，注意到周邊有幾個醫療術法和半浮在空中的玻璃小球，玻璃球裡有些透明的藍色液體，正緩緩流動著，不時從裡面帶出細如絲的藥物氣流傳遞到萊恩身上。

「沒關係。」萊恩不以為意，偏頭上上下下來回打量我：「沒事就好，多休息吧。」

「嗯，你也是。」我看見莉莉亞在小廚房打開盒子，裡面是好幾個眼熟的飯糰盒，而且還是萊恩經常去搶限定的那幾間的。

「歲呢？」

萊恩這話一問出口，他坐在旁邊的弟弟整隻河豚一樣炸起，眼神也變得很凶猛，如果千冬歲現在出現在這裡，可能會被丹恩撲上去咬死。

我有點抖，不過還是在萊恩的詢問下把祭龍潭包括龍神與古地圖的事告訴他，接著說：「千冬歲和夏碎學長的情況不太穩定，現在在月見先生那邊，其他人晚點應該都會進醫療班總部。」想想，再補充一句：「千冬歲現在對大家都很內疚，他……」

「這也不是他願意的。」萊恩把杯子遞給自己快咬人的弟弟，若有所思地露出淡淡微笑。「我和喵喵都知道他很重視夏碎學長，其實某部分來說他也將雪野一族看得很重——如果不要發生這些事情。況且當時有龍神的惡意影響造成他判斷失常，總的來說，不全然是他的錯，他是受害者；如果有一天我們遭遇同等傷害，他必定會立刻爲我們站出來拚盡全力，這方面能夠諒解。」

這點我很有體悟，那麼多時候他們也都爲了我站出來了，這輩子我不可能會忘記。

丹恩好像很想怒罵什麼，又不敢開口，一張臉氣到漲紅，但在他哥面前他選擇繼續憋著。

雖然知道萊恩肯定不會因爲連串的垃圾事遷怒千冬歲，不過我還是拍拍他的肩膀。「你還是罵他幾句或是揍他一頓，他那麼衝動要把自己獻祭掉，應該要罵，你不罵點東西他反而會更內疚。」其實我也想罵，然而千冬歲當時已整個卡進牛角尖，畢竟他哥在他面前死了兩次，他爸還帶著龍神和一堆長輩在搞他們，明顯可見他精神出了嚴重狀況……但我還是想揍他，不過我知道這頓揍應該由他人來，在立場上我還得排隊。

萊恩沒有馬上回答我，想了一會兒之後才點頭。「好。」

「好個屁。」丹恩終於還是忍不住怒罵：「哥！你根本不能原諒他好嗎！他把你拐跑結果還害你——」

「史凱爾家的家訓是什麼？」萊恩輕飄飄地往他弟丟去一句。

丹恩握了握拳頭，把怒火揉進手裡，不甘不願地回答：「忠誠、信任、友愛，我們與選擇的人並行向前，並以己身的榮譽爲傲。」

「我不會後悔選擇交付性命的夥伴，並以此爲傲，你不能因爲必定要經歷的事情而遷怒。我們知道沒有完美無缺的人，只要是生命，都會有許許多多問題，因而才需要同伴補足。」萊恩語氣上沒有什麼變化，但我卻感覺到認眞和嚴肅；丹恩當然也清楚這點，無力又氣憤地垂下肩膀，像是喪失鬥志卻又很想往哪裡抓一把洩憤的小獅子。

「好啦，要吃東西就不要講討厭的話題，食物都變難吃了。」莉莉亞適時地打斷僵凝的氣氛，端上精美的飯糰盒和茶水，竟然連我的那份都泡了，粉色的小花在藥草茶裡旋轉，看起來很可愛，僵滯的氣氛被驅散不少。

莉莉亞買的分量很多，五花八門的小飯糰，每個都長得不同。

因爲經常蹭吃飯糰，我也知道這些飯糰的厲害，這樣滿滿擺著就給人很足夠的療癒感，更別說還有股迷人的香氣，瞬間出現腹空的飢餓感。

突然發現莉莉亞有謎之厲害，搶限定的能力和萊恩不相上下啊，有的店我甚至不知道在哪裡呢！

萊恩盯著那些飯糰，整個人背後好像出現了燦爛的陽光。

「……我可不是專程買這麼多，只是剛好這些店都還有很多可以買，就隨便買買……你不能吃太多，會被醫療班罵。」莉莉亞很不自在地把一小球的飯糰放在萊恩面前，後者很遺憾地盯著其他飯糰。

我莫名有種看到大狗垂下尾巴的錯覺，不能爽快吃飯糰的萊恩變得很可憐，本來僅有的精神都萎靡了，現在他搞不好心裡在對飯糰們道歉。

「你們要抱持眞心好好享用。」萊恩盯著我們，很愼重地開口：「要尊重這些珍貴的飯糰。」

我們連忙感謝飯糰的存在。

飯後，萊恩開始露出肉眼可見的疲憊，淡薄的血色一下全掉光，臉色變得很蒼白，我們等他沉沉入睡後才離開房間。

「萊恩醒多久了？」走廊上，我看著還是一臉憂色的丹恩和莉莉亞，知道萊恩的狀況不如表面看起來那麼樂觀，即使他剛剛談話時看起來還算正常。

「前天醒的。」莉莉亞回答：「陸續醒了兩、三次，之後就像現在這樣轉沉睡，醫療班說會持續一段時間，因為他……」

「我哥的身體全毀了。」丹恩打斷莉莉亞的話，眼睛整個泛紅，憤怒又難過。「他本來應該一直睡的，你看他好像好好的，可是他很痛，治療時連昏迷都痛到掙扎，醫療班用了很多安睡藥不想讓他清醒，他擔心你們，強逼自己醒過來。」

我愣了下，皺起眉，想起剛剛進房時萊恩渾身上下沒什麼力量感，我本來以為那是因為受傷所以力量被壓制，殊不知是真的失去整體力量。「你說……」

「身體全毀是什麼意思？」

冷不防，我們的話被打斷，一轉頭我就看見千冬歲不知道什麼時候已經站在走廊另端，身上換了比較簡便的衣服，長髮紮在頸後，整個人快步走來，臉色發青地開口：「萊恩身體全毀是什麼意思？」

丹恩沒有回答，而是朝千冬歲臉上狠狠打一拳，大概知道少年的怒火，千冬歲沒有躲開，直接承受攻擊。

「我哥說不能怪你！可是我還是想怪你！你把我哥拐跑，我都說幾次了叫他不要當你的搭檔，我哥還是選你！我哥那麼好，他只是不擅長把感受清楚攤開，你怎麼好意思這樣對我哥！」抓住千冬歲的衣領，丹恩咆哮：「他說不能怪你！他說你也是受害者，那我哥不是嗎！你把他對朋友的忠誠和保護當成理所當然嗎！你就眼睜睜看他傷成這樣嗎！」

「不要在這裡大呼小叫，會吵到其他人。」莉莉亞連忙從後制住完全抓狂的少年，好不容易把人拖開，只是她的態度也不算好，挾帶著壓抑的怒火，語氣冷冷地朝千冬歲說：「萊恩被送過來時，身體、力量全毀了，靈魂與精神不少處被撕裂。提爾來看了幾次，說萊恩透支得太過極限，那種程度的力量碰撞不是正常白袍等級可以承受，更別說接二連三，而且揹負了一部分弒神詛咒……你們懂意思嗎，他不像我們是本源素質比較好的種族，有先天抵抗力優勢，他只是個人類。」

千冬歲往後退開幾步，直到背部撞上牆面，整個人都愣住了，難過得說不出話。

我突然覺得渾身發冷，雖然我預想過很多糟糕的狀況，但聽到最差的情形還是有種窒息感。「……醫療班有沒有治癒辦法？如果我們找到凝神石或是類似那樣的東西呢？」我想起凝神石可以修復我老媽的身體和夏碎學長受創的力量，連忙問道。

「提爾說最壞的打算是把他帶去鳳凰族請族老出手，不過對人類來說後續治療可能會很難忍，畢竟鳳凰族的祕法需要相當代價。醫療班有緊急派人去搜索藥物，但像凝神石那種存在也不是隨隨便便就可以取得的，還有就算找到藥物，也得花很漫長的時間來填補那些損傷，他們正在研究更好的方式……人類在抗神傷這塊實在太弱了。」放開好不容易冷靜下來的丹恩，莉莉亞抹抹眼睛，轉向千冬歲攤開掌心，一個小小的光暈出現在她手上，接著轉出一截小小的斷箭。「這是要還你的，萊恩說戰場上被力量衝擊、不小心斷了，只能這樣還。」

千冬歲看著精緻的斷箭，瞪大眼睛。

「──你們在公會搭檔時登錄的誓約信物。他沒有說什麼，不過我想你應該知道他的意思，是該拆夥了……我認爲，你們現在的力量差距太大，以後再面對類似強度的敵人時，他很可能會再像這次一樣重傷甚至又被拋下，你們往後要面對的東西危險程度已經不對等，不如早早放手。」莉莉亞停了幾秒，不知道想到什麼，露出有點難過的神色。「你把他給你的也還給他，你再去找更好的夥伴吧。」

我看著莉莉亞，其實由她來說這話有點不適合，畢竟現在揪著她做任務的是黑袍奴勒麗，雙方力量差距不小，任務中同樣會有九死一生的險境，不過奴勒麗倒是一直都帶著少女在身邊戰鬥就是。這點我想她自己也知道，所以神情才會這麼複雜，但她憐憫萊恩身上的重傷，於是當了這個失禮的黑臉。

千冬歲愣愣地盯著斷箭幾秒，一回頭直接拍開病房門，甩開要抓住他的丹恩，急速衝到床前，本來似乎想要把萊恩拖起來弄醒，但在看到沉睡的友人那張蒼白的臉後，他收回手，顯然地雙手成拳放到床邊，情緒有點激動，幾次張開口似乎想要說什麼，不過什麼都沒有說出來。

萊恩靜靜地躺著，這麼大的動靜都沒有把他吵醒，可見他剛才真的是死撐著和我們一起吃飯，把勉強擠出的精力耗乾了。

丹恩發完了一頓脾氣，大概是忌憚自己兄長先前講的話，沒再朝千冬歲身上打，但依然很凶惡地瞪著他，想往他身上咬一塊肉下來似地狠狠開口：「我們史凱爾家最講信任與忠誠，我哥既然選擇你，那你就應該給他相應的回報，你就不能看在這個份上放過他嗎。」

「我不在乎你怎麼想，但是萊恩是我的搭檔、我最信任的人，有什麼話我會和他當面說清楚，要不要拆我只聽他親口說。」千冬歲盯著萊恩沉睡的面孔，漠然地回應。

大概是覺得遭到了挑釁，丹恩差點撲到千冬歲身上咬人。

我連忙隔在他們兩人中間，避免少年抓狂或是千冬歲抓狂，他們現在一個是精神憤怒，一個是心靈被染黑，不宜衝突。

雖然有點不好意思說這種話，我還是硬著頭皮開口：「這次的事情我也有很大的責任，因爲我不夠強才害萊恩重傷，眞的很對不起。」如果我可以再更強一點，要是能夠在第一時間控制好許多人事物、分擔那些傷害和壓力，或許就不會變成現在這樣。

丹恩抹把臉，看了我一眼，很無力地說：「我不知道詳細狀況，我哥不讓其他人說太多，醫療班的人知道的也都很片面，但我看得出來這次他處理的事情根本不是正常白袍的能力範圍……拜託你們，我哥雖然是一個比較有力量的人類，但他不是你們這種特殊種族或是背景驚人的家族，可以不要再讓他涉入不該是他的危險裡嗎？我眞的很不希望下次聽見我哥在醫療班的時候，是得幫他收屍！」

少年這句話說得很狠，狠到千冬歲也沒能在第一時間反駁，幾乎挖心刨骨。不過如果今天我們站在丹恩這個弟弟的立場，可能也會有一樣的感覺，根本無法怪他們血親家人的怨懟。

「你們都夠了喔！別在病房吵架，信不信我把你們全都打一頓。」幫萊恩上了隔音術法的莉莉亞低吼，已經不想容忍我們這些人製造騷動：「有完沒完！是吵架的時候嗎！」

依舊盯著萊恩的千冬歲臉上始終掛著沉思的表情，似乎在考慮著什麼。

我正想詢問，就發現有人踏進房間了。

「漾漾！千冬歲！」

迎面撲來一抹藍色身影，直接大大擁抱千冬歲，後頭跟著高大的輔長，看樣子正要來檢視萊恩的狀況。

「太好了……」喵喵用力地緊抱著千冬歲一會兒才鬆開手，眼眶紅紅地露出笑容。「沒事就好。」

千冬歲摸了摸喵喵的頭，愧疚地開口：「對不起，當時妳和萊恩那麼拚命在叫我，我卻把你們兩個一次次打傷，我真的不知道該怎麼道歉……」

喵喵抓住千冬歲的手，溫柔地笑著：「沒關係，千冬歲那時候意識被災禍的力量侵蝕，我們知道你不是故意的，而且你回來了，對喵喵來說就是很好的道歉。」

走到旁邊的輔長聞言出手一把壓住喵喵的腦袋，用力揉了好幾下，嘖嘖幾聲：「小喵喵，妳說得太輕鬆了，妳在小神社被那些神壓榨，拚命用了生命大陣癒合夏碎的身體，不是戰鬥袍級還上前線被打得亂七八糟，又拖著萊恩的命才讓他等到醫療班支援，回來之後多虧了好幾名鳳凰族渡給妳生命力才會這麼快恢復，這些都要好好向這小子秋後算帳才行。」

「生命大陣有巫神幫忙……而且拔除黑暗毒素和催化凝神石效力的也是巫神，萊恩那時候有六羅和流越，喵喵沒做到很多。」抓住輔長放在腦頂的大手，喵喵嘟起嘴，神色黯淡：「如果喵喵有成年的鳳凰火的話，可以更有用處。」

「如果你們每次搞事前可以通知我們，那就更有用處。」輔長收回爪子，懶洋洋地盯著我們，看似悠閒的目光卻有種不怒自威的銳利責備，最後視線放在千冬歲身上：「想問什麼？」

千冬歲沒有立刻開口，而是伸出手，金色火焰直接在他手上拉出一個圓，從火焰中浮現乒乓球大小的淡金色圓珠飄在掌心上，蓬勃的力量氣息立刻擴展至整個房間。

這力量對曾身處龍神戰場的我們來說相當熟悉，千冬歲剛繼承時還碾了一堆邪惡，可惜現在減弱大半了。

「用這個救萊恩，夠不夠？」他盯著輔長，紫金色的眼睛無波無動。

「龍子的生命核心嗎？可以啊。」輔長露出玩味的笑容，撫著下巴有點不懷好意地說：「事實上我們正打算通知你們有個辦法可以試試。小喵喵從巫神那帶回來變動過的生命大陣，巫神改動一些有意思的地方，我們鳳凰族這兩日經過研究，十之八九有把握可以應用在這次神傷與靈魂、身體受損治療上，不過暫時缺乏一個如巫神那種力量夠大的能量陣眼，本來想找人的，現在你想虐待自己當然很好，可以減少很多風險。」

我疑惑地看向喵喵，後者連忙解釋：「你們去試煉時，巫神讓喵喵畫出生命大陣，鳳凰族和醫療班的生命大陣有好幾種，巫神要喵喵給最高等的那種生命修補陣，且適用於人類。」喵喵頓了頓，繼續說道：「可是那要好幾位成年鳳凰才能使用，因為要求的力量陣眼必須很強，而且巫神改了好幾個地方，條件就更嚴苛了，那時候巫神也用了好多力量才驅動陣法，喵喵和提爾正在傷腦筋這部分，原本想求助精靈族。」

聽喵喵的說法，我突然有點懷疑巫神和黑龍王祂們當時把喵喵留下來的用意，雖然說治療夏碎學長這是必需的，但這張修改過的陣法現在也適用於萊恩且還讓喵喵帶回來了，是湊巧，或是祂們提前就知道未來可能會用到？

正在努力思考關聯時，外面又傳來聲響，這次進來的是哈維恩和九瀾，而且連西瑞都來湊熱鬧，他身後居然還跟著血靈，不過血靈止步在門外，沒多久就消失在牆角的陰影裡。這群怪異組合的人裡反而沒有六羅，哈維恩簡單報告了下，六羅已經回水火妖魔住處，畢竟他不是可以一直待在正常世界的體質，時間拉長可能會被某些白色種族圍剿。

別看戰場上大家好像無視黑色種族或奇怪的存在幫忙，等到威脅過去，從角落跳出個智障來口喊正義倒打一把什麼的，總是會很飛速。

千冬歲和西瑞以前相看兩生厭，不知道是不是因爲萊恩躺著的關係，兩人居然罕見地沒有吵嘴，尤其是千冬歲，似乎想對西瑞講點什麼，但後者無視他直接跑開。

西瑞蹦到我旁邊，「漾~你們又在玩啥？」

站在一邊的喵喵連忙把陣法的事再次解說了一遍，主要是告知九瀾，這樣一來醫療班的兩名精銳都在這邊了，然後本來很大的套房現在也如同菜市場塞滿了人……幸好空間眞的不小。

「要再叫幾個人來嗎？」輔長和九瀾又看了一會兒陣法圖，看似一點都不緊張地問道，彷彿他們想打開的只是個普通的小法術。

「都可以啊，反正陣眼力量都有了，只缺貢獻生命能量的人。」九瀾陰森森地看了眼千冬歲手上的圓珠，接著又往他身上盯了一會兒，有點遺憾地嘆了口氣。「沒動力……」然後他轉向哈維恩，暗黑的頭毛底下散發出某種期待胡蘿蔔的氣息。

「不給。」我秒回兩個字。

哈維恩：「？」

「就簽一下，簽個名，掛掉之後完全不用擔心。」九瀾發出垂涎的聲音。

「老三，僕人的僕人就是大爺的僕人，不要打歪主意。」西瑞打斷對方的肖想。

九瀾黯然神傷地瞥了眼莉莉亞和丹恩，嘖一聲很快轉開視線。

被嫌棄的莉莉亞和丹恩：「？」

剛剛被垂涎的夜妖精這次反應過來了，他終於想起九瀾的癖好，也可能這幾天和血靈相處有聊過什麼，反正哈維恩僵了半秒就退開兩步，大概沒想到會有人明目張膽還毫不遮掩地對夜妖精的肉體流口水。

「九瀾大哥，戰場還不夠你玩的嗎……」我看著明明從雪野家回來的某雙袍，感到無言。就不信他沒有從人家戰場上面拖走什麼！

「那個是甘蔗。」九瀾在空氣中比劃了下，然後又指向哈維恩：「這個是蘋果，你會天天吃甘蔗不換口味嗎？」

爲什麼是甘蔗？

「不行，你去找別的蘋果吃。」接著我就看見那個胡蘿蔔的期待放在我身上了……幹喔，都忘記他也在垂涎妖師的肉體。

之前的食魂死靈是都切完了是不是！慾望無底洞會變成鬼族的啊大哥。

「貢獻生命一定要鳳凰族嗎？」我們在那邊被垂涎的同時，千冬歲也在詢問輔長。

「喔，不一定啊，主要是鳳凰族比較不容易死啦，而且吸起來比較純。」輔長隨手調整了萊恩的用藥和治療陣，「主陣我和九瀾壓著就可以，其餘的就是要心甘情願地被抽一些生命能量來填補並修復那些傷害……」

輔長才剛要說啓動條件時，門外又傳來一連串聲響，明顯有人小跑著往這邊衝來。早早就發現那熟悉的氣息，我反射性快速閃開，那東西正好急速擦身衝撞過去，一頭撞到牆壁上。

啊不就幸好我們剛剛吵起來時莉莉亞已經幫萊恩放好隔音術法，不然一堆人在這裡吵還有人把牆撞破，萊恩還可不可以好好休息了喂！

那個撞牆的東西直接噴了一堆精華液出來，房裡瞬間塞滿濃郁的人參味。

「學長！」

好久不見的好補學弟從牆上把頭拔出來……太久沒見，他現在撞牆竟然可以撞得不痛不癢了！

「我聽說你們在這裡，我也想幫忙。」好補學弟握著拳頭跑回來，眨著大大的眼睛對著我看，接著被哈維恩拎起來往後放。

是有聽說好補學弟經常在醫療班裡打滾，不過妖師的傳聞被證實後他有好一陣子忌憚我，現在主動跑過來反而讓我有點意外。

再次看見這根人參，我注意到他身上充斥滿滿深不見底的能量，以前看不出來，現在被訓練過後再看就很明顯，淡淡青綠色的純淨力量非常有活力地環繞在他身邊，沒有惡意也沒有被外界染黑，依然保持純粹。

「我很有用的。」好補學弟趕緊往前站，眼巴巴地說。

「喵喵也想幫忙。」有過大陣經驗的喵喵看向輔長。「喵喵希望萊恩可以早點恢復。」

「算我一個。」我揉揉好補學弟的腦袋，雖然我身體還沒有恢復，不過應該不影響生命能量。於是邊報名，邊慢慢調動白色力量，把黑色力量壓縮起來，最近切換上越來越順手了，但距離能同時使用還有好大一段路要走。

「我哥我自己救。」丹恩把千冬歲擠開，用力瞪了對方一眼。

「本小姐也不是不能幫忙。」莉莉亞環著手，往丹恩旁邊站去，又把千冬歲往後擠。

被擠到床尾的千冬歲：「……」

「有好玩的事情怎麼少得了本大爺一份。」西瑞興致勃勃地插一腳，我不由得看了他一眼，他和萊恩不算很熟，雖不到像千冬歲那樣兩個擺在一起就會對毆，但也沒好到哪裡去，眼下他好像沒想太多就要加入貢獻生命能量，眞的讓人意外。

哈維恩因爲是黑色種族就沒加入了，不過他對陣法很有興趣，沒多久就向對他肉體很有興趣的九瀾低聲詢問起陣法構成。

輔長抓抓頭，大概醫療班裡很常見朋友們想盡力付出點什麼互相幫助的狀況，所以他沒有反對，很大方確認好現場報名人數，又調來兩名可以協助貢獻生命能量的藍袍，接著開始快速準備起整個陣法需要用的物品。

畢竟我們不是巫神，千冬歲的力量幾經波折也沒有剛繼承時那麼強大，整個修復生命的大陣還是要按照正規流程來。

這段時間，我們就各自在房內一角等待，順便接受醫療班的調整和治療。

※

「學長！」

我拿著醫療班給我的藥水靠在外面露台矮牆吹風，沒多久好補學弟冒出來，整張小臉紅撲撲的，有點不太好意思：「學長好久不見……我現在有變強……我會做好多藥了喔！」

「嗯，很厲害。」我搓搓好補學弟的腦袋，有點感嘆。以前剛看到他的時候我還想把他塞到馬桶裡，現在這根參歷經了他參生的起起伏伏，好像也變得穩重點了，可能跟著醫療班混看多了血肉模糊所以成長了吧。

想想他也滿辛苦的，從土裡活活被拔醒後就丟到學院裡面對一堆神經病和神經病建築物，還可以保持這麼純粹也不簡單。

正在有所感觸，我就看見好補學弟掏出彈弓和有著淡淡清香的藥丸。

「……？」

「對著逃跑的袍級來一發，可以炸斷他們的腿。」好補學弟露出天真又可愛的燦爛笑容，說著和醫療班們混之後變得心肝烏黑的話：「如果還想跑就第二發，兩發不夠就三發，沒死都沒問題，哥哥姊姊們教我先炸斷四肢，反正炸開的藥力會立刻封起傷口，不流血截肢可以維持生命力和意識，很厲害喔！」

你們到底平常都在練什麼藥啊喂！

人性在哪裡！

「所以……學長對不起，以前我不懂事……好多人都說學長是黑色種族很壞，可是我知道不是這樣……對不起我之前害怕學長……現在我學到很多，如果有機會，還是很想和學長一起冒險。」好補學弟小心翼翼地看著我，又補了句：「我打斷四肢很厲害，絕對可以幫忙……還有很多事情沒有告訴學長……」

欸不，我也不是很需要沒事就幫人無血截肢的隊友。

「有機會吧。」揉揉人參的頭，抬起手我就看見斷落的細細人參鬚卡在手指縫，我很鎮定地把那根頭毛壓回去好補學弟的腦袋上，然後說了句：「我以前比你更不懂事，還不會打斷別人四肢，你很厲害了。」

好補學弟一張臉紅紅，不好意思地笑了。「對了對了，學長我還有一些東西想給你，如果以後遇到很壞的人也可以丟他，或是用彈弓射。」說著，他掏出了好幾個瓶瓶罐罐，打開裡面全都是一顆顆顏色不同的藥丸，開始細碎地講解：「有麻醉的、昏睡的、見血封喉、三尺爆炸、把屍體化成肥料……」

聽著學弟如同講鬼故事般的恐怖介紹，在看見有顆血紅色帶有椒麻氣味的藥丸功能是可以炸飛一座摩天大樓然後三年寸草不生後，我很深沉地看著正在屋內布置大陣法的醫療班。

所以你們到底是想把這根人參養成什麼植物系軍火庫啊？

說好的濟世救人呢？

「啊，不過這顆藥平常要用的話只要削一點點就好，半粒米大的粉末就可以煮成一鍋麻辣湯喔。」學弟舉著那顆身世好複雜的椒麻藥丸，開心地說：「居家外出都很適合，學長一定要好好帶著喔。」

你媽的居家外出都很適合，誰平常會拿炸彈來吃麻辣鍋，削粉的時候爆炸怎麼辦。

邊和學弟有一下沒一下聊著，我注意到西瑞罕見地沒有跟過來說垃圾話，反而和莉莉亞在屋內一角不知道說什麼，千冬歲則是和喵喵在另一側談話，可能是在懺悔和道歉，因爲喵喵笑得很溫柔，大有不希望千冬歲再向她悔過的意味。哈維恩正跟著九瀾他們學習陣法，那張生命陣圖大概不是醫療班的祕密，所以藍袍們很願意指點，而且哈維恩在學習上都很客氣，還有個醫療班主動告訴他全部由鳳凰族發動與不同種族發動的差異。

室內氣氛意外地滿和諧的。

我按著有點悶痛的胸口咳了聲，身體一直有點微微的怪，不過剛吃的藥水很快就起效果，那股悶痛感沒多久就不見了。

咚，

咚咚。

隱隱地，我好像聽見細弱的聲響。不是從屋內眾人傳來，而是沒有去向的風裡面，與穿梭而過的大氣精靈們無關，和那些小鳥小妖精也無關，那聲音如同空氣自主震動，空靈地盪進我的耳朵裡，眨眼即逝。

有那麼一瞬，似乎有什麼從我身邊飄過，但周圍的其他人都沒有察覺，我也覺得應該是錯覺，畢竟身體狀況差，很可能耳鳴。

不過詭異的直覺告訴我，絕對不是耳鳴。

那玩意連輔長他們都沒驚動，卻很故意地只讓我發現，有什麼目的？

摸摸身邊學弟的腦袋，我假裝不經意地朝震動消失的方向瞄去，只看見一道暗綠色的光芒在遠方一閃而逝，完全無法追捕。

我在身側拎出一架小飛碟，鬆手，小飛碟無聲無息地劃過空氣，急速蒸發。

差不多這個時候，室內已經準備完畢，可以說醫療班的動作還是很快的，與學弟一前一後踏進病房內，我才發現裡面的空間被重新改整了，剛剛在陽台還看不出來，現在裡面至少有原本的六、七倍大，病床被移開，整片地板畫滿繁複的法陣圖形，蹲在角落的輔長正好收掉最後一筆。

水晶繪製一結束，陣法上就有氣流打旋，帶出力量凝聚的微光。

我們幾個包括那兩名藍袍各自被安置在法陣不同點位，好補學弟則是被帶去和一堆藥物擺在一起，各種萃取出來放在玻璃球裡的藥液上下浮動，輕飄飄地在好補學弟周圍轉來轉去，莫名有點夢幻。

該怎麼說呢，幸好人參沒有被拖去榨汁。

萊恩被醫療班放置在中心位，上面飄浮著千冬歲那顆淡金色的圓珠，時不時還有細小的流金火焰轉動，非常好看。

「好啦，各位小朋友請全部盤腿坐下然後看過來。」輔長一腳踏上驅動陣法的主位，拍了一下手掌，他面前對角位置則站上了正不懷好意盯著旁邊藍袍的九瀾。「等等請各位放輕鬆，我們啓動陣法後請不要離開自己的位置，過程中可能會有不適，如果有產生頭暈目眩眼花撩亂或其他症狀，如咳血、胃痛、胃悶、胃潰瘍等等，麻煩請忍著，掛掉之前都不要靠夭，那是正常現象，我們主陣者會調整術法不把你們抽乾，可保證沒有性命危險，把腦袋放空不要亂想，開陣後不要吵鬧，報告完畢。」

我跟著其他人一起在自己的點位上盤腿坐好，乖乖地放好手，接著輔長與九瀾各自伸出左右手，正式開始啓動大陣。

第三話　出去玩

以前雖然看過很多次醫療班施術，但加入這種正規的大型陣法參與救人算是我的第一次。

原本以爲輔長說的那一大堆都是幹話，等到陣法眞的啓動時，我才發現原來是實話。隨著銀色的小小光點浮起，四周突然出現不小的壓力往我們身上推擠，不要說胃，我連腸子心臟都有一種被捏住的感覺，倒是沒有頭暈目眩就是。

幸好這種擠壓沒有持續很久，約莫短短一、兩分鐘，接著就看見我屁股下面的法陣線條裡飄出灰銀色的暗光，雖然我已經把屬於黑色的力量收起來，但這些銀色光點上還是有一、兩條灰銀的暗淡光斑，看上去不是很漂亮。偷偷往其他人的方向看去，喵喵和好補學弟身邊飄出的是舒服的綠色光點，千冬歲呈現淡金色，西瑞是血色，丹恩的則是有點褐色的，莉莉亞是一種比較瑰麗的亮彩橘，那兩名醫療班則是火焰紅，光點上飄一會兒後下落，與術法圖騰相互作用後拉出光線，往那顆淡金色的圓珠傳遞。

這過程其實很漫長，而且有些枯燥。

我看了一會兒覺得身體逐漸變得有點無力和虛弱，瞄了眼西瑞的動作，就學他閉起眼睛，他不知道是不是在打瞌睡，反正我是準備冥想祈禱萊恩一切順利，順便把最近的事情做個沉澱，接二連三發生的大事有點多，好不容易可以沉靜下來。

才剛這樣想就聽到腦袋聊天室傳來聲音。

「弱雞，你追的那個鬼東西逃命挺快的。」

可以感覺剛剛放出去的小飛碟已經回來了，但是現在不方便回收，小飛碟只能停在外面大樹的枝幹上。

所以那是什麼東西？

接收到我的詢問，魔龍停頓了幾秒，說道：「沒看到實體，力量感倒是和那個墮神族小鬼相符，你那時候想侵襲那玩意的精神，沒想到對方會循線算帳嗎。」

當時還真沒想到，狀況太緊急了只想說要分開千冬歲和墮神族，整個忘記他有可能事後回追，這個不只黑王，以前在妖師那邊學習時也有聽過類似的，因為我很少越這麼多級打怪，情勢緊張便徹底忽略了。

看來之後如果沒有以把對方弄死為前提，例如墮龍神，還是不能隨隨便便侵蝕太高階對手的精神，畢竟脖子上有自己掛上去的鎖鏈，沒辦法隨心所欲發揮所有能力。

不過那個墮神族當時沒有反噬我，還以為他懶得計較，所以他現在是在回追心情好的嗎？

搞不懂那些厲害的存在腦子裡在想什麼，我決定暫時放著別去搞懂，有事情他們就會找來了，想太多沒啥用。

……

欸不對，爲什麼魔龍是形容爲「逃命」？

那玩意明明用一種路過般的感覺飄過去啊？

「本尊也循線噴了個回禮。」魔龍大概是知道瞞不住，很快招供自己額外幹了什麼。「頂多叮他一口，沒啥大不了的。」

才剛說完，一股清涼氣息把魔龍的感覺蓋過去，魔龍瞬間蒸發了幾秒，聲音再出現時變得相當老實：「本尊送他一個混亂意識的術法，那小鬼不是剛復元嗎，你的幻武力量又沒很多，根本就蚊子肉，死不了啦。」

……讓你去追個來源，你還趁機把人打一拳是吧。

「警告一下那小鬼不要亂來。」魔龍一副理直氣壯的語氣，表示動手的事情根本屁點大。「本尊全盛時期，這種小鬼敢來刺探，本尊直接把他碾成灰塵。」

好吧，按照他本來的作風，他應該覺得揍一下已經是盡最大誠意的收斂了。

「來者似乎沒有惡意。」米納斯輕輕淡淡的聲音出現：「像只是要確認你的位置。」

確認位置？

我更搞不懂墮神族要幹嘛了。

啊，該不會是要找族長吧？我印象他那時候好像確實有說過當代首領可聊的比較多那一類的話，所以他是想找白陵然？

雪野家的事情哈維恩已經報告回去，想必白陵然也知道墮神族的消息，晚點再把這件事告訴他，讓他自己去處理吧。

再次確認墮神族那東西已經跑掉也沒有折返跡象，我就邊祈禱萊恩可以用最快的速度趕緊好起來、沒有後遺症，邊配合陣法被抽取能量，開始清空腦袋裡那些雜事，徹底靜下心。

於是，時間開始緩慢流淌而逝。

※

再次醒來是隔日。

修復生命的陣法結束之後大家幾乎全都脫力了，包括那兩位友情贊助的醫療班也一樣，被外圍的藍袍們各自帶去休息，我則是離開陣法後秒陷入昏死一樣的深度睡眠，什麼也沒有夢到，怎麼回到床上都不曉得，我猜大概也有藍袍們使用某些安睡藥物的緣故。

起床後我發現身體變得比前一晚輕鬆很多，本來還滿虛弱的身體恢復了七、八成，繞著醫療班核心建築跑兩圈都不是問題，坐在旁邊的哈維恩原本正在看一疊不知道什麼的東西，一看見我醒來立刻起身幫我準備藥物和食物，沒多久，利彌進門檢視我的狀況，這才知道我被轉移到利彌的醫務室。

「大部分的損傷我都已經幫你處理好了，剩下的靜養幾天就沒事。」利彌抓來幾個飄浮的玻璃球，在裡面放進黑色和銀色的藥物液體。「你身上有一點弒神詛咒，不過對於妖師一族來說不算很嚴重，過段時間就會自然代謝掉。」

「嗯？我沒感覺有那個東西？」我接過哈維恩遞來的茶杯，才剛講完就想起可能與昨天身體那陣怪異的悶痛感有關係。其實有詛咒我是不太意外，墮龍神從頭開始被虐的整段過程噴了各式各樣的怒罵，有點殘留還算正常，更別提小神市第一次攻擊期間我們沒有很完善地保護自己，全部心力都放在快進快退。

「萊恩送過來的時候我們就注意到了，加上冰炎殿下，你們三位身上都有與其他人不同的弒神詛咒殘留痕跡，幸虧當時替你們建立起臨時核心陣地的月守眾處理得很好，詛咒被打碎許多，只須好好淨化就不會有太嚴重的後遺症，對於妖師而言就更不容易有太大影響，主要會是白色種族的其他人比較有感覺。」利彌數點了人名，確實只有我們三個，看來是我們三個第一次毆打禍印時候的詛咒，後來戰場上的都被流越排除或是被血靈吸收，反而沒有留下。

我再次體會到流越的強大。

又詢問了下，利彌確定另外兩人只要接受妥善淨化就不會有事，我才鬆了口氣。

因爲沒有逃院的徵兆，所以利彌很體貼地允許我不用躺在病房裡，可以去探望其他人和在醫療班裡四處走動。

於是我就循著路線去探看其他人的狀況，學長和夏碎學長調養昏睡中，兩人是超級黑名單，所以連溫柔的月見都直接下狠藥，確保他們不會睜開眼睛好好地睡個兩天。

走到萊恩病房門口時，瞄到千冬歲在裡面，萊恩氣色好很多，不過一樣在睡，丹恩和莉莉亞不在，我想想便沒有進去打擾。

最後在醫療班總部東面的庭院裡遇到西瑞和血靈。

「呦，漾！你剛好可以來一口。」西瑞朝我揮揮爪子，我看見他旁邊堆著好幾個熱騰騰的炸雞桶，油炸物和雞肉調料香氣四溢，讓我反射性吞了吞口水。

……你知不知道你在一個充滿鳳凰族的醫療班啊？

啊不過喵喵好像也吃肉食，可能他們不覺得是同一個種族。

我很不客氣地坐到旁邊的空椅子，打開面前的炸雞桶，果然還是不健康的油炸物最棒了，眞想回去大吃一頓鹹酥雞，我懷念九層塔的香氣還有特製胡椒，還懷念梅子地瓜條，吃不到鹹酥雞的人生呈現悲慘黑白。

「你怎麼沒休息啊。」我看著一樣被抽過生命能量的傢伙，他活蹦亂跳的一臉沒事。

「嗄？那種事情吃一頓就解決啦。」西瑞喀喀喀地咬著炸雞骨頭，表現出自己體質的強大。「你們這麼體虛不行啊，年紀輕輕抽個血就腎虧，要怎麼稱霸世界嘖嘖，果然沒有經過天打雷劈的天選肉體就會差。」

我咬了口外酥內嫩又多汁的雞肉，覺得眞是美味。

哈維恩和血靈左青龍右白虎地站在旁邊，沒有打算找個位子坐，哈維恩看上去還好，倒是血靈渾身戒備，似乎非常不喜歡醫療班這個白色種族氣味滿滿的根據地，他甚至還找了一片陰影把自己半遮著，幾乎快抹光存在感，和已經習慣暴露在外的夜妖精完全不同。

讓我想起以前哈維恩那英明神武的樣子。

歲月眞可怕。

「你怎麼會帶血靈去千冬歲他家啊？」啃掉一根雞腿，我把骨頭放在旁邊盒蓋，然後拿起附餐的可樂。

「你沒忘記大爺家歷代一直暗殺四眼雞家的事情吧。」西瑞嘖了聲：「老三可以在公會拿消息，大爺當然也有管道可以聽到風聲，本大爺的僕人竟然在毀滅世界不找本大爺，成何體統！本大爺直接帶著狗頭鍘去剁掉那四眼雞的腦袋。」

我看了眼「狗頭鍘」血靈，另外兩個不知道消失到哪裡去了。

「另外兩位血靈弟兄已經先返回族裡了。」看出我的疑問，哈維恩很適時地開口：「血靈必須仰賴戰爭和死亡生存，他們將收集到的絕望血腥送回血靈一族，避免時間過久力量變弱或是無效。」

「大爺做任務時他們收集不少死亡，被四眼雞家裡一搞，帶出來的收集盒子都滿了。」西瑞拎起我放在旁邊的骨頭直接和手上的炸雞一起嚼下去，完全不浪費食物。

「做任務？」

「喔，破壞白蓮教的神功護體。」西瑞很自然地接下去。

「？」語氣太正常了無法分辨是不是幹話。

「河姆多聖祖教派。」站在暗處的血靈咳了聲，終於看不下去地補充：「是一個由人類與妖精組成的信仰教，藏在人類城市裡，信奉黑魔法和召喚遠古聖祖，信徒不畏疼痛和死亡，據說可以得到不死的永恆生命及世界至高的霸權。」

這聽起來怎麼有點像是裂川王八蛋他們的部分廣告詞？

還是這年頭邪教的廣告詞都是長這樣？

不能好好創新嗎？

相信永恆不死和我要成爲世界王的信徒是智商都有問題嗎？

「不過那應該是你們所謂的『邪神碎片』。」

西穆德說了一個讓我差點把可樂噴出來的字詞，我連忙把充滿碎泡泡的快樂水嚥下去，聽著對方繼續說道：「那名龍神後裔當時身上殘存的邪惡氣息與河姆多聖祖神像一致，河姆多在那邊的語言意思就是『至高無敵的戰神』。」

好喔，這個中二命名的邪神還眞是打不完的小強。

「你們沒有遇到碎片吧？」我看西瑞他們神態都很正常，應該是沒有。話說回來，他沒遇到之前就想征服世界，他遇到之後大概也是征服世界，搞不好不會有太明顯的變化。

「就算遇到，大爺也會把他弄死啊，不過那玩意在大爺去滅門之前跑了。」西瑞語帶可惜，接著話鋒一轉發出怨念：「你把本大爺拋棄跑去海上做好玩事情那時候。」

「……」那算起來可能就是前來攻擊我們的其中一個邪神碎片，嘖。

「對了，你該去本大爺家玩了吧。」西瑞眯起眼，一口咬碎雞骨頭，危險地看向我：「大爺先邀請你的，結果你跑去四眼雞他家，你是不是想讓大爺用八人大轎抬你的棺材你才要進去？本大爺的耐心很有限，不想直的進去，本大爺可以讓你橫的進去。」

你最近是看了什麼奇怪的霸總片嗎？

還有誰邀請朋友去家裡玩的時候是把朋友橫著抬進去啊喂！

「我也只是受邀參加雪野家的觀禮啊。」我試圖打消對方腦子裡的棺材大轎。

「那本大爺的家族試煉會你要來啊！」西瑞叼著雞腿開口。

「你們家試煉會是什麼？」我環著手，做好心理準備。

「暗殺一個高層，例如長老，大爺要殺那個臭老頭。」西瑞得意洋洋地說：「大爺要把他的腦袋拔下來插花。」

……

……

不要把暗殺你老杯說得如此理所當然！

是怎樣，我剛經歷完一棚父殺子，下一棚要演子殺父是不是！劇情正常點可以嗎！

「可惜臭老頭很難殺。」完全不正常的西瑞撫著下巴，很遺憾地說：「老三勉勉強強碰到過一點，本大爺還要想想計畫。」

我不懂殺手的親子世界。

眞讓人胃痛。

西瑞開始收拾空盒時我才看見還有個雞桶從頭到尾都沒有開，放在提袋裡用術法保持新鮮與熱度，剛剛炸雞桶堆得小山一樣高所以不顯眼，現在垃圾一收就很突兀地露出來。

「這是大爺的探病禮。」西瑞也沒說是給誰的探病禮，吃飽喝足之後就提著那袋東西一溜煙跑了。

莫名覺得他哪裡怪怪的，但是看不出來。

血靈倒還留在原地，很安靜地盯著我看，大概是期待我的問話。

「你們怎麼會和西瑞他們扯在一起？認識很久了？」我想想，還是順他的期待開口。雖然說是因九瀾的屍體批發牽扯到一起，不過好到這麼自然也不太正常，要知道剛剛血靈可是和西瑞在庭院裡毫無防備地和平共處。

雖然我對血靈的活動狀況不熟，但套用哈維恩模式，他們應該不會很信任外來者，尤其是白色種族，這表示西瑞與血靈已經有一段時間吃喝在一起，所以兩人才都沒有介意對方的存在，很平常地暴露自己進食的一面。

血靈點點頭，沒有猶豫直接開口：「我們與西瑞簽訂合作，替他善後暗殺，我們取走死亡與血液，然後以血靈的一些物品交換，已經有一段時間了。」

「合作？」我有點意外，腦袋裡瞬間充斥一堆詭異的八點檔豪門暗殺買賣、小三上位之類的奪產畫面。

「是的，妖師一族許久之前為了讓我們避禍，將我們送至隱居處，希望我們不要再進入戰場或是參與戰事，然而這麼多年下來，血靈因為無法吸收戰場血液，力量已經很微弱了。」西穆德停頓幾秒，大概在心中省略掉落落長的過往才繼續說道：「不過西瑞說我們手上有他要的物品，作為交換，我們可以派幾個人跟隨他去暗殺，等他擊斃任務對象後，由我們收拾瀰漫的死亡力量與悲憤，對我們而言這些比金錢或其他物品重要，且也不違背妖師的冀望。」

他說這段話時有點小心翼翼，很可能是怕我會反駁他們的這種擦邊球做法，不過我現在想反駁的是我那個不知道哪一代的妖師祖先。

所以妖師一族在逃難時不小心殘害了多少這種腦袋一直線的附屬種族啊？以前一個夜妖精，現在一個血靈，該不會下次我們還會挖到充滿自閉乾屍的什麼黑色種族遺跡吧？

大寫的頭痛。

活得太正直的黑色種族根本是被拋棄就在原地三天三夜不敢吃飯的小狗狗。

醒醒，你們是狡猾邪惡的黑色種族啊！

不過也可以理解祖先的顧慮，畢竟有很多黑色種族並沒有那麼安分，像哈維恩他們這樣乖乖固守在原地的只是少數，光看白陵然這幾年的態度就知道，如果黑色種族都很可靠的話，他早就暗地裡全都串連起來成爲龐大勢力，不會默默地利用產業融入白色種族。

又問了一些和西瑞交易的往來，我發現西瑞還眞的只是帶他們去吸經驗……吸那些死亡力量，確實沒有要他們出手幫忙，雪野家的戰場是他們長久以來第一次暴露出來並站到戰場上，且是以協助妖師爲前提。

這麼一說，就可以知道其實西瑞是變相在幫這些血靈找活路。

我心情有點複雜地看著剛剛某人吃炸雞的位置，就和他其實是去協助千冬歲一樣，這傢伙也默默幫了把血靈，當面問十成十是不會承認的，只會塞一堆垃圾話。

說不定還因爲血靈的關係，他多接了很多家族任務，難怪前陣子很少看到他，只覺得他莫名很忙。

「唔……」不然下次帶他去看邁境好了。

「多準備幾箱潮T作爲禮物？」哈維恩看向我。

這倒是個好主意，不過你是從哪裡學來的潮T？

「西瑞都和你們交換什麼物品？」我詢問血靈。

「是一些冒險者身上的小東西，沒什麼價值性，長得……」血靈用一言難盡的表情望著我，接著取出好幾個亂七八糟的包裝盒和很俗的大金鍊。

我在其中一個盒子上看見印著「龍炮」這樣的字眼，秒懂。

所以說，是什麼樣子的冒險者會把龍炮放在身上啊喂！

揉揉太陽穴，我對他說：「族長還沒有指示你們之前，就先按照原先的交易繼續吧，不要濫殺無辜就好，如果是白蓮……啊呸，如果是邪神碎片和狂信徒那種存在，你們自由發揮。」

「我明白了。」西穆德把東西都收回去，表情有隱隱的開心。「血靈一族會盡快調整到最佳狀況，隨時聽候妖師的差遣。」

這個流程我在夜妖精那邊遇過了，總之，全部丟給白陵然他們自己去處理就對了！我要當個在外面悠閒自在的正常黑暗學生！人生開副本什麼的去你媽！再開副本我就剁爪爪！等到萊恩他們都痊癒我就要回黑王和學校那邊度假了！

在心中決定把事務全丟包後我瞬間清爽很多。

血靈不太喜歡行走在太陽下和群聚，表示可以自行解決活動行程，於是我就和哈維恩先回到醫療班的治療區，看了下學長們和萊恩，還是沒醒，不過在走廊上遇到輔長，聊了會兒確定萊恩狀況穩定，只需一段時間調養，便放心不少。

因爲萊恩個性比較溫和，送來時傷勢偏重，加上平常有點存在感薄弱，所以包括我在內，大概全部人都覺得他是我們一大群裡面最不用費心監視的，就連負責他病房的藍袍都給他安排了一個有陽台可以看風景的舒服房間。

大家都認爲，比起看起來很乖的萊恩，更要注意的人是有不良紀錄的某些傢伙，例如學長、例如夏碎學長，還有學長和夏碎學長。

於是我們全員徹底遺忘歷史累積起來傳承給後人的重大教訓——會咬人的狗不會叫。

傍晚我去探望萊恩狀況時，只看見好幾個人站在病房內外臉色陰沉，病床上早就沒有人了，莉莉亞和丹恩沉默地盯著千冬歲手上的紙條，據說千冬歲下午去照顧他哥，傍晚提著一些飯糰回來時已經人去樓空。

負責管理病房的醫療班淚流滿面、背後帶黑氣地在牆邊蹲下，帶著顫抖的手從懷裡掏出小本子，充滿怨念的筆尖在內頁寫下了萊恩的大名，痛心疾首的表現如同在婚禮那天發現全心全意信賴的男友跑路，並發下如果把人找回來要打斷他的腿丟去囚禁七天七夜的誓言。

跑路的白袍完全沒有驚動任何人，很可能是跳窗台逃逸。

我擠到千冬歲旁邊，看著他手上的字條。

很好，萊恩至少有留下點什麼，初步可以排除綁架，證實他是眞的自己落跑。

紙張上很簡單只寫著幾個字——

「我出去玩了。」

「出去玩個頭啊！」

第一個大怒的是負責萊恩後續調養的醫療班，是個不亞於喵喵的可愛紅髮美少女，然而是個資深藍袍，鳳凰族直系，情況特殊被輔長用私人關係調來替我們這票人獨立專門調理的高階藥師，現年兩百多歲。「老娘發了新的食補單下去就給老娘跑！你他媽不要命！給老娘掛上公會懸賞單！拖回來亂棍打死！」

醫療班每次有袍級逃掉都會被掛懸賞單，輕則隨便打一頓，重則打死復活，當然像學長他們混到比較高的黑袍階級可以打死他們的人就很少，還是以拖回來爲主，能不能打死就看運氣，不過我看學長和夏碎學長他們至今都活得好好的，應該是沒在逃跑懸賞中被打死過。

我被爆氣的醫療班們揪著問了一頓口供，確認完全不知情也沒有協助逃犯與串供嫌疑後就被扔出病房，接著看見與萊恩認識的其他人也被恐怖的醫療班群按著輪流逼問，氣勢之猛，就連千冬歲都不敢造次，乖乖回答抓狂的藍袍們問題。

這陣仗簡直地獄會審，搞不好下秒都要把他祖宗八代刨出來逼供。

終於從一群快要把在場嫌疑犯剝皮剔骨的抓狂醫療班手裡逃出後，我在走廊心有餘悸地拍拍胸口，接著一轉頭就看見利彌不知啥時過來了，用著一種很信任的眼神盯著我看，彷彿在無聲地希望我不要步上無藥可救的後塵。

「……」

夭壽，我都忘記我也有案底！

幸好我不是公會人員，可以省一道來自於公會的凌虐。

利彌想了想，拍拍我的手臂，微笑著開口：「褚同學，你知道性命的珍貴，對吧？」

「……我完全知道。」看著溫柔中顏色半黑的治療師，我後腦勺有點冷和刺痛。

藍袍親切和藹地笑了下，吩咐我記得多休息，於是又無聲地離開了。

我抹抹冷汗，深深覺得腦袋上有把屠刀在等著，按照我先前的案底和利彌的笑容，再逃跑很可能會直接被扭斷脖子。

不過萊恩是什麼時候醒的？

爲什麼一醒來就逃跑？

他的狀況已經恢復到可以讓他輕鬆逃走不留痕跡了嗎？

該不會其實眞的被綁架，那張紙條根本故布疑陣吧？

可是綁萊恩幹嘛，有可能綁架他的人都在現場啊。

正在我想不出所以然時，我看見哈維恩站在走廊另端不顯眼的角落對我招手，一臉凝重，

當下我心裡突然有點忐忑，該不會還眞的出事了吧？

於是丟著一房間正在輪流對重點三人逼供的藍袍，我快步走向哈維恩那邊，然後又跟著他往沒人的走道避開。

「有線索嗎？」其實我滿擔心的，眞的很怕萊恩是被非自願扛走。

哈維恩點點頭，接著從身後拿出一個炸雞桶。

空的炸雞桶。

「……」我怎麼好像知道嫌疑犯是誰了呢。

「這個在門後，白色種族沒有發現，我順手拿出來了。」哈維恩讓我看桶子裡面，沒有骨頭，吃得很乾淨，表示帶炸雞桶來的人在病房裡待了一小段時間才離開。

我按著額頭，拿出手機撥了西瑞的號碼，很好，沒人接。

在懷舊金曲的背景音樂中掛斷手機，我深沉地思考這兩人到底什麼時候有擄人勒贖的過節。

「還有，發現血靈弟兄的氣息。」哈維恩吐出讓我更震驚的話。

連血靈都有一份嗎？

他們兩個把萊恩叼去幹嘛啊！

我努力想了N種可能，最後腦袋裡只剩下不可能，血靈和萊恩沒有交集，西瑞和萊恩不是非常好的朋友、但也沒有嚴重交惡，不過就是普通同學程度，不可能趁他病要他命啊？

默默吸了口氣，我轉向夜妖精：「西穆德故意留下氣息嗎？」這些黑暗種族習慣移動時抹掉存在過的痕跡，會被察覺通常是刻意爲之。

「是的，我想是要給你留下訊息。」哈維恩把炸雞桶轉過來，底部除了一小塊油痕還有一絲不明顯的黑暗氣息，被夜妖精一抹，上面出現一個小圖案。

我看著巴掌大的圖紋，感覺像個陣法。

「這上面有黑色種族的禁制，白色種族觸碰不會顯露出來。」哈維恩很盡責地解釋。

所以這是一宗誘拐案，然後嫌疑犯留了線索給我。

我感到胃部隱隱作痛，害怕自己看見上面會出現在哪個海邊碼頭的消息。

不過血靈不至於會給我來一發大的奪命刀，大概是想要告訴我們什麼吧，我也沒想太多，就往那個圖案按下，就在這瞬間，那個小圖案猛地發出血色的光，而且還有強大的力量在我和哈維恩的腳底下打開，我腦袋空白了兩秒，後知後覺地反應過來是類似移送陣的術法。

……

幹喔！

四周景物消失那瞬間，我看見管理病房的醫療班出現在走廊，一臉震驚地看著我們，一手拿出他的小本子。

靠夭了啊啊啊啊啊啊啊！

第四話　殺手任務

雖然認識血靈的時間不長，但因為他給人的感覺太沉穩，又不像哈維恩跟在我們身邊被虐過，所以我一直有個既定印象就是血靈不會不聲不響地給我們挖陷阱。

沒想到他就挖了。

還沒從移送陣的震驚裡回過神，一股殺氣從左側逼來，我反射性瞬間凝出好幾面水盾，幸好攻擊在砸上我腦袋之前煞住，與此同時，右邊的殺氣也驟然停下。

兩邊都住手的當下危機卻尚未解除，我背後爆出濃郁的血腥氣味及邪惡的臭味，還沒轉過身我便下意識轉出黑色力量朝對方的意識纏進去，回頭只看見一頭牛大的三眼魔獸，沒啥思考能力的魔獸腦袋裡都是殺殺殺的生物本能，於是我瞇起眼，被黑暗控制的魔獸把自己的大頭用力一扭，當場死亡翻肚。

……這是什麼奪命風水傳送點？

所有事情都在短暫的眨眼剎那完成，確定魔獸掛掉後我才收掉水盾，死魚眼地看向剛剛差點把我劈死的兩人，也就是嫌疑犯和疑似被害人。

「漾～不是說過不要擋在中間嗎。」西瑞收回沾滿黑血的爪子，用一種「你又來了」的語氣說道：「你這樣一直從中間蹦出來，大爺會覺得你很寂寞想引起注意。」

「不，並沒有。」我冷漠地回答。

萊恩收回差點把我腦漿劈出來的刀，很訝異地看著我。

這時候我才有時間打量周圍，近晚的時間，所見是一片茂密樹林，地面躺著不少外形相似的魔獸屍體，不是被撕開就是被砍掉腦袋，已經撲出去的哈維恩正在擊殺最後的兩、三隻，林林總總約莫有三十多具屍體，顯然他們剛遇到襲擊不久。

「你們在幹什麼？」我看著昨天還奄奄一息的萊恩，皺起眉，他使用的不是幻武兵器、不是雙刀，而是一柄普通的長刀，上面附著一點魔法，很可能是臨時得到的武器，躺在病床上時穿的衣服也已經更換過。

萊恩依舊帶著虛弱，快速掃過他周身，該有的力量與保護並沒有恢復，只有很微弱的某種物品形成的脆弱守護圈，如果現在我想對他腦袋來一發精神侵蝕幾乎可以百分之百成功，他沒有絲毫的抵抗力。

不過滿地的屍體幾乎有一半是被砍死，甚至還有腦袋直接被剁下來，可見他就算沒有展現幻武和特殊能力，基礎戰鬥力依然不可忽視。

我正想噴他兩句不要命了，西瑞突然伸出手勾住我的脖子往後拖，我那瞬間差點窒息。完全沒有自覺在殺人的某人把我拖開一段路才還我空氣：「來來來，大爺的僕人既然來了，洗手做羹湯的事情就交給你了，今晚三菜一湯，吃飽睡覺好上路。」

公鯊小！

被鬆開後發現附近有個營地，有一些以前旅人們殘留的使用痕跡，火堆已經點好了，很顯然是西瑞他們要休整時被魔獸群襲擊，所以殺了一輪，正好血靈的傳送陣把我們丟過來，差點被劈到。

西瑞又拖來一頭機車大小的野豬，在旁邊點燃一盞提燈，「附近有河，上吧！皮卡僕。」

「……」皮你媽。

我皺眉，想問他又在搞什麼，就看見萊恩沉默地走過來……不知道爲什麼，他們給我一種怪怪的氛圍感，似乎是暫時不想回答任何事情，我想想也就沒繼續往下問。

不過那隻野豬我是不可能會處理的，我雖然看過豬走路但並沒有解體過整隻豬，最後是哈維恩一手提著燈一手提著豬走去河邊，過了好一會兒才和從黑暗裡出現的血靈一起帶著大量肉塊回來，接著極爲賢慧地分批烤肉，採集的香草和調料一抹，夜色裡瞬間滿滿都是烤肉香味。

再來夜妖精又拿出鍋碗，把一些野菜、肉塊和從河裡順手抓回處理過的小魚與些許藥草一起燉煮，沒多久，便是鍋鮮美的湯。同時，他還把採集回來的一些像地瓜的植物裹好葉子泥巴埋進火堆裡悶烤，等熟透剝開後，滿溢甘甜的香氣。

所以我說，眞的應該給他找個老婆。

居家外出必備啊！

再給他一點時間他搞不好都可以弄出野外求生版的滿漢全席了！

蹲在一邊幫手的血靈看得都傻眼了，大概很意外他的黑暗弟兄竟然如此熟練野外烹煮。

我還在恢復期，所以哈維恩身上帶著不少藥物，他就在旁邊清個小地方分別煮了兩壺藥茶，吃飯前把我和萊恩先一人灌一杯，這才放我們去吃晚飯。

泥巴裡類似地瓜的東西根據哈維恩的說明，是一種叫塔加加的植物根莖，這東西長在地上的葉子很像放大版的蔥，但是有瞬間讓人斃命的劇毒，蔥管裡充滿黏稠的毒液，那種毒液有著吸引小蟲和小動物的香氣，蟲子吃了死在蔥管裡被吸收，小動物死了屍體就成爲土壤肥料，很類似捕蠅草。雖然它的生長地周圍遍布動物骸骨，不過把這個東西拔出來、小心處理好後，土下的根莖是沒有毒的，切開肉質飽滿呈現白色，烤過後會變成淡米色且鬆軟香甜，吃了容易有飽足感，很受旅行者的歡迎。

雖說長得像地瓜，不過吃起來近似栗子，所以就是個本體是毒蔥版的栗子地瓜，沒有把毒蔥處理好造成毒液倒流就會變成有毒的栗子地瓜，可以拿來害人。

哈維恩沒有馬上吃飯，繼續把幾個栗子地瓜埋進火堆裡，然後把切好的肉條插在火堆旁邊慢慢烘烤，打算當大夥兒明天的早餐。

我差不多也看出來了，西瑞和萊恩很可能是臨時決定跑路，身上沒有帶太多糧食，所以才會去抓山豬回來。

忙碌好半天，哈維恩才坐到我旁邊開始吃飯。

等到大家都吃飽，我看著萊恩和西瑞開口：「你們打算往哪裡走？」其實我原本是很想追問他們爲什麼要逃院，身體狀況沒關係嗎，其他人擔心怎麼辦，但是沉澱下來好好吃過飯後，我突然想起那張紙條。

萊恩未必不知道自己的身體狀況，也明白他弟、莉莉亞和千冬歲等人都會擔心，畢竟他一直是我們之中比較沉穩隨和的那個；可是他在這時候選擇和西瑞逃出醫療班，展現他難得一見的擺爛和任性，那我還要拿他想暫時逃避的事情來給他壓力嗎？

同學三年我都沒看過他不看情勢地主動要任性。

所以我決定不提醫療班，順便交代哈維恩把大家的蹤跡抹乾淨一點。

「當然是向太陽升起的那裡走！」西瑞比劃了下位置，「我們要熱血！一路往東，然後再追著夕陽而去！」

你這個路線完全不對啊是想去哪！

「我們打算去鬼楓崖，西瑞說那裡有個很像幻武兵器的東西。」萊恩淡淡開口，手裡握著一杯哈維恩煮好的溫茶，餐後稍弱的火光搖曳著，顯得他本就被頭髮半遮的臉色更加不好看。「不過在那之前，他要去做一件比較簡單的家族任務，危險度不高，我們可以在附近等。」

萊恩這話就是沒有要擺脫我們的意思，讓我暫時安心點。

「可以，不過可能要找一下附近有沒有醫生……」

「我這裡有。」哈維恩打斷我的話。

我愣了下，其實我剛剛是想說要找個類似醫院或是有醫生可以看病的地方，先確認萊恩的調養藥物。跑路歸跑路，他的身體健康還是要注意，畢竟昨天才剛用那種方式治療，雖然好像癒合了很多傷害，但他看上去力量還沒恢復——不過行動力卻奇怪地恢復了。

夜妖精拿出一疊紙張，上面滿滿全都是字，還有一些圖紋。「醫療班昨晚與上午更新調養單時，為了確認幾位可食用的物品和用藥狀況，我向九瀾先生複印一份，也有各位的藥物配方，短期內我們只須找到可購買藥品、原料的地方做補充即可。」

接過來一看，還真的有我和萊恩的名字，別說我倆，甚至西瑞、千冬歲他們的也都有……

這是什麼行動效率？

驚愕地看著哈維恩，後者一臉理所當然地接回那些食藥指南，連萊恩和西瑞都不免有點訝異地看向他。

「所以往後您要行動之前，最好都要告知我，才有後勤支援。」夜妖精彎起陰冷的笑意，一臉有種以後你再單獨落跑看看。「我相信你們都看不懂這些。」

很好，他為了不要當棄婦，已經自我超進化了。

夜妖精展現了一輪不在憤怒中進化就是在憤怒中被拋下後，我們暫時不敢去惹他。

因為在場真的沒人看得懂他手上那疊治療單，包括血靈在內，夜妖精用看北七的目光把所有人都掃過一眼後，慢慢收起對我們而言是天書的紙張。

我深深懺悔了下自己怎把一個菁英夜妖精逼成這種樣子，然後開始思考自己是不是很沒有良心，因為我竟然還沒有付月薪給他，他完全就是吃自己、喝自己，還生產日用品反哺給我。沒深想還沒事，一想就覺得這行徑真的很要不得。

良、良心痛。

不知道他看不看得上我微薄的存款？

痛完後，我們扣掉萊恩，四個人安排好守夜的時間就各自找地方休息了。

第二天醒來時，先聞到的是食物的香氣。

輪值最後一班的哈維恩煮好一鍋菜肉湯，我醒的時候他正在熬藥茶，早晨清新的空氣裡瀰漫著食物的香氣，就露宿野外來說，眞是種奢侈的享受。

昨晚那些魔物已經被拖走收拾，不知道怎麼清的，屍體都不見了，晨間的森林異常乾淨。

迷迷糊糊抓著頭爬起來正想走去河邊洗整，赫然瞄到營地裡出現了個完全沒看過的人，我瞬間清醒過來，猛地回頭詫異地看著蹲在一邊畫眉毛和口紅的紅髮少女。

一頭棕紅色頭髮的少女大概十七、八歲的模樣，外表特徵和身材有點妖媚，輪廓很深，白皙的臉上有點小雀斑，加上艷麗系的妝容，讓她看起來相當冶艷勾人，身上則是一襲帥氣的深色獵裝，似乎剛從哪裡打獵歸來。

雖然滿好看的，但也解釋不了爲什麼她會出現在我們的營地啊？

「那是西瑞。」正在蹲等藥茶的哈維恩一臉平靜地丟來四個字。

我震驚地倒退了兩步，看著平空出現的美少女，然後想起了映河，發現原來我身邊還眞不少喜歡漂亮女裝的同好，而且皆深藏不露，平常用八點檔僞裝自己的愛好，一離開人多的地方就展現出眞正的自我。

「早啊漾～」美少女嘴巴裡吐出了西瑞的聲音，超級違和，他還挑了下眉毛，似乎在看兩邊有沒有畫對稱。

「你的七彩霓虹燈呢？」我痛心地看著超級正常的棕紅髮。

「嗄？大爺要正面上目標領主，當然要偽裝啊。」美少女西瑞轉過頭，用一種大驚小怪的表情看向我：「直接進去，面對目標，一刀挖心，刺殺超快。」

我第一次看到他身為殺手會偽裝的那面，覺得很新鮮。還以為他平常都直接一腦袋亮麗色彩直撲目標，果然那種顏色是不可能的。

「平常不用換裝啦，埋伏進去抓好機會就可以大屠殺了，不過要省時間這樣比較快。」西瑞把變裝用具放到一邊，又取出幾件女裝，順便拋了個媚眼給我，接著咳了幾聲，本來的聲音突然變得柔軟嬌美：「本小姐最喜歡有挑戰性的男人，你今天想要嘗嘗氣管被扯出來的滋味，還是針慢慢從指尖鑽進去的快感呢？」

……

全身都起雞皮疙瘩了呢。

而且為什麼是個S？

大概是察覺我的死魚眼，西瑞伸手過來拍拍我的臉頰，改了一下台詞：「男人，你引起我的注意力了。」

並沒有比較好！

我一邊抖著雞皮疙瘩，一邊走去小河洗臉。

沒想到等我整理好回營地時，看見更驚悚的畫面——西瑞正按著剛睡醒的萊恩扯他的衣服。

這是在演哪一齣啊！

「等等！放開……放開那個良家婦男！」差點一個口誤變成「放開我來」。

「別阻止本大爺！今天你們一個都別想跑！」西瑞直接壓在萊恩身上，不知道是不是因為前者穿了女裝，後者居然不敢大力掙扎，很錯愕地盯著大清早就撲倒自己的美少女。

「那個是西瑞！快反抗！」我猜萊恩可能和我剛剛一樣沒有反應過來這是誰，連忙大喊。

萊恩點點了一秒，開始努力想把上面的東西推開。

可惜他的力量沒有恢復，被殘暴的獸王族按在地上，說時遲、那時快，外衣就這樣被撕下來，這個畫面太美，讓人想戳瞎眼睛後直擊天靈蓋。

哈維恩早就把食物都搬到旁邊，蹲著看戲，完全沒有打算搭理這一片混亂中的智障們，血靈則是不知道消失到哪塊陰影裡面了。

於是我只能撲到紅髮美少女身上，試圖拯救整張臉都紅起來的萊恩。

最後萊恩終於受不了了，憤怒地開口：「史凱爾家族的尊嚴不容許被侮辱！再動手就付出生命的代價！」

西瑞倒是停下手了，坐在萊恩身上歪頭：「啥？所以你們要自己畫嗎？」

「畫啥？」我也跟著停止拉人的動作。

「僞裝啊，你們不是要去買藥嗎，大爺目標的那塊領地上有黑市藥舖，而且進城不能用原本的樣子。」說著，西瑞把旁邊的女裝和化妝品拖過來，「來來，人人有份。」

……

……幹喔！

「可以不用畫女妝啊！」我們又沒有要去刺殺特定目標！

「本大爺都穿了，你們竟然想要不合群嗎！兄弟道義在哪裡！」西瑞甩出獸爪，危險地瞇起眼睛，「背骨仔要剁手指，說吧，你們要剁哪一指！」

「不不，我們好好說話。首先，我和萊恩沒有換女裝的必要啊，我們只是想很普通地買藥。」所以你剛剛掏出來的那些女裝是要給我們穿的嗎靠杯！爲什麼我好像還看見疑似女僕裝的東西！這樣進城買藥又是什麼道理！

「因爲那座城裡面男的很容易被抓啊，很想引起騷動嗎。」西瑞用理所當然的語氣回我：

「而且大爺半夜探過路了，附近還有公會的情報班潛伏，你們兩個會用改變外表的法術嗎？」

我和萊恩沉默地搖頭。

「那你們兩個有改變外表的符文嗎？」

我和萊恩再次搖頭，這次出來得太匆忙，我們根本連攻擊防禦的符紙都沒有去準備。

「那你們有把握用自己的隱蔽術法混進去不被公會和城市守衛發現嗎？」

我和萊恩各自想了想，只能搖頭。

「這樣本大爺幫你們變裝，你們有冤屈嗎？」西瑞陰惻惻地發問。

認眞地說，他講的很有道理，我竟然無從反駁，唯一想反駁的就是爲什麼要女裝。

再次提出靈魂質疑，西瑞大概覺得解釋很麻煩，就把一張羊皮卷甩到我臉上，轉頭繼續去扯萊恩的衣服。

羊皮卷上蓋著羅耶伊亞家族的徽印，很明顯是家族的刺殺任務，上面大致上寫著刺殺目標是一位叫作柏立德的領主，是混有妖精血脈的人類，領主兩名妻子都是魅惑女妖，三名女兒全繼承了同樣血統，四處誘惑男性爲她們付出精氣神或作爲奴隸。

這裡的魅惑女妖指的並不是我在妖靈界看過的那種妖魔，而是具有黑色種族血脈的獸王族，藉由迷惑生物的天生能力捕食生命能量，所以被稱爲魅惑女妖。

柏立德本人則是放任妻女們的行爲，也不約束族人，因爲這座城市沒有公會據點也沒有簽訂和平條約，加上那些被吸食精力的男性其實也沒死、只是放回來會變得很老，他們甚至喜孜孜地表示是心甘情願，所以公會可插手的程度有限；而且這裡往來的妖魔鬼怪不少，龍蛇混雜，是在白色種族與黑色種族之間遊走的牆頭草小城市，誰給好處就沾誰。

羅耶伊亞家接到的刺殺委託，主要是因那領主前陣子在領地邊界發現了一處稀有礦脈，和另外一個領地的人發生衝突，雙方發生了小規模血戰，所以才有了這次針對領主的死亡委託。

任務裡有柏立德全家的相片，西瑞cos的就是小女兒的模樣，小女兒在前一晚已經被先來的殺手們刺殺，屍體當下就被拖走去另外一個任務交差，完全沒有被周遭的人察覺。

羊皮卷上沒有提及小女兒的死亡委託是什麼，只點出兩個任務可以互相配合，不過沒有合作也行，殺手們自己想辦法銜接人物失蹤的缺口，現在看來是兩幫人按照友善提示合作了，省去了不必要的麻煩。

因爲三個女兒經常帶著手下到處勾引、魅惑男人，所以城裡正常的男人都很小心，盡量不在大街上行走，就怕被盯上後無法抵抗誘惑，含笑親手把自己的青春給葬送出去，所以如果我們按照原本的模樣或性別進城，有可能會因爲外來者新鮮的面孔被那些女兒的手下們注意。

我大概可以理解爲什麼西瑞要強撕民男了。

聽我唸完刺殺任務，萊恩的掙扎反應慢慢地變小，一點一滴地彷彿失去了什麼人生重要的東西，靜靜地望著天空沉默了。

「欸不，這樣哈維恩他們……」我用力看向夜妖精，覺得這種修羅場要死應該全體一起死。

哈維恩凝視著我，然後往後退、再往後退，踏進一片樹影後瞬間消失不見，連氣息都跟著徹底蒸發，怎樣找都找不到。

……

……

忘記他們就是擅於藏匿自己的黑色種族了靠杯！

給我滾出來同生共死啊！

最終西瑞還是給了我們條活路。

萊恩被變裝成一個高大的黑髮人類女戰士，身上穿著中性的輕甲看不太出身材，改爲偏女性的臉孔剛硬中帶著柔美，氣色有點蒼白，搭配身上一些繃帶包紮和破損輕甲，很容易讓人聯想到是個受傷進城休息的傭兵，加上他本就特有的「沒存在感」，所以一點都不起眼，路過的人連一眼都沒放在他身上。

我則是被扮成一個看上去很普通的棕髮人類女性，身上穿的探險裝質料比較好一點點，不過有點狼狽，整體感覺是個有點閒錢雇傭兵的冒險者，然後兩個人經歷了某種衰小的歷險，只好進城找個地方休息。

不得不說，這個變裝手法真的很好，乍看之下居然找不到破綻，只要不被脫衣服，加上隱藏力量和氣息的術法水晶，怎麼看都像女性。

先離開的西瑞給我們兩份羅耶伊亞家準備的假身分，於是我們很輕鬆地混進城裡了。

一入城，街道上看見的男女比例果然差異極大，幾乎滿街都是女性，從女童到老婦，相對地，男人少很多，不然就是蒼老到看上去五、六十歲，彎腰駝背走路會發顫的樣子，完全看不見年輕男人，又或者其實大部分都藏起來了，一路走來可以看見有些住家的防禦結界不弱，連窗簾細縫都緊緊拉起。

雖然如此，城內基本的生活機能依然在運作著，只是大半店家攤販都變成女性，走來走去的交易者也以女性居多，男性的老年人僅佔很小一部分。

經過一個轉彎處時正好聽見小街角落裡有人在吵架，是個約莫二十多歲的女性和看上去可以當她阿公的老頭，充滿怒氣的主要是年輕女生，老頭則是對方說了幾句才回一句。

有了西瑞給的背景提示，我隱約可以知道他們爭執的內容。果不其然，經過那處時他們的聲音逐漸清晰，情緒激動的女孩低聲怒罵：「你爲了那種女人放棄我們婚禮，還把自己搞成這種鬼樣子，現在竟然還想要我原諒你！」

老頭腦袋垂得低低的，但並沒有強烈的認錯態度，只聲音略低道：「我知道我很對不起妳，但是我不後悔爲了愛而奉獻……我只希望妳能夠原諒爲了追求愛的我……」

喔喔，這好像是經典的渣男場面之一——爲了愛我可以拋棄妳但是妳得原諒我追求愛的選擇。我都可以猜出來他下一句搞不好是我們還可以做朋友。

老頭說：「我們都有追求愛的資格，我希望我們即使沒有了愛，還可以好好地做朋友。」

「你——！」女孩大怒，不過她眼裡還是有一點點不忍，可能是因爲老頭變成這種慘樣。

「勸妳不要，好好做朋友的前提是有溝通過的好聚好散。」我忍不住開口，就很想打斷一下渣男語錄，「他有追愛的資格，妳也有把他甩出十八條街外的資格，想腳踏兩條船還想做朋友是不可能的事情，這種通常讀作朋友寫作備胎。」

女孩和老頭猛地轉過來盯著我看，前者雖然有點訝異不過好像鬆了口氣，後者大概就是露出一種想要打爆我腦袋的那種神情。

「妳是誰！和妳無關！滾開！」

不知道是不是因爲驚愕過度，老頭居然出現了詭異的惡意，不過在他向前踏出一步做出恫嚇時，萊恩握著的長刀也拉出刀鞘，半露出的刀身折射出冷光，讓老頭停下動作。

我趁機動了手指，把纏繞在老頭身上的黑暗氣息吸進預藏好的小飛碟裡，老頭呆滯了幾秒，原本混濁憤怒的眼神與表情變了變，好像有層看不見的迷霧從他臉上散去，他用力抹把臉，放棄和我們衝突，重新轉向環著手冷哼的女孩。

「回去吧，再糾纏也沒有用，不管你是不是被魅惑，轉頭的那天開始我們就不可能了。」女孩大概也想清楚了，倒沒有剛開始的憤怒，而是冷冷說道：「領主府那些女妖的能耐沒那麼大，你要是眞的愛我就不會對她們痴纏不捨，城裡沒有被魅惑的那些男人現在可都還好好地和他們的愛人躲起來或逃走……我想通了，我又不是你媽幹嘛還得事事順你原諒你，以後再來我面前說這些，我見你一次打你一次。」

老頭張了張口，最後只能說：「我還是希望我們能夠做朋友。」然後垂頭喪氣地離開了，看著背影滿蕭瑟可憐。

等到人完全不見後，女孩才放下手，深深吁口氣，有點難爲情地轉向我們：「謝謝妳們幫我說話，妳們應該不是城裡的人吧。」

我把我和萊恩僞裝的身分背景告訴她，說了我們進城想找地方調整狀態和等夥伴。

「那妳們小心點，既然是冒險者也應該聽說我們城的狀態。」女孩遲疑了一會兒，壓低聲音：「雖然女人不會被魅惑，但是有些男人變老後會回來帶走他們原本的家人和愛人，之後就失去下落，可能是逃往外地。現在城內很多都不是原本居民，有不少奇怪的外來者佔據、入住無人空屋，黑市那邊的街道更不安全，妳們整備好就趕快離開吧。」

隨後她又告訴我們幾家比較安全的店家、旅館，我們互相道謝後就分道揚鑣了。

萊恩帶著我走兩條街，最後在女孩給的名單裡找家看起來比較乾淨的小旅店租了房間，一把房門關上，哈維恩和血靈就瞬間出現在房裡。

我幽怨地看著兩名不用變裝的傢伙，深深覺得他們一點也不合群。

哈維恩咳了聲，把城內地圖放到桌上，「這附近有幾家黑市藥鋪，我去處理藥材的問題，你們暫時在這裡休息，城裡的氣氛有點怪……」

「我知道，黑暗力量很強。」一進城我就發現了，雖然隱藏得很好，但街道上到處都有隱隱的黑色力量悄然蔓延著，不知道爲什麼城裡居民沒有注意到。包括剛剛在爭吵的那對男女身上都有，特別是老頭，濃郁到都可以讓我抓進小飛碟裡，反而女孩身上是正常量，是那種長久居住在這種地方才沾染到的。

還是因爲這城市半黑半白、龍蛇混雜，有著許多黑色種族出入，所以他們已經習慣？

哈維恩又吩咐了幾句就離開房間，血靈也很自我地消失不見，可能在附近徘徊，沒多久，旅店就把我們點的食物送上來，雖然不算精緻，不過大塊烤肉什麼的擺上來還是傳來陣陣誘人的香氣。

我們在櫃台入住點餐時，餐單上居然有烤飯糰，所以萊恩除了烤肉外還點了一大堆的烤飯糰，當然沒有他平常買的那麼漂亮特別，只有牛肉、豬肉兩種，很粗暴地把肉塊調味後塞進飯裡面裹層皮丟進油鍋炸，再刷上醬汁烤過一輪，味道意外地不錯。

萊恩挑了幾顆坐到陽台的護欄上，心情不錯地邊吃邊晃腳，看得出來很放鬆。

我嚼著飯糰，把火壁虎放出來吃東西，壁虎現在又大了一圈，整隻呈現火紅色，平常沒有蜷著睡覺就是在吃我的火系水晶和符紙，不過牠也喜歡吃其他食物，大概就像是在吃零食的那種感覺。可以確認的是牠的火焰口水越來越強大了，牠把吃東西得來的力量全化為吐出來的玩意，我認真覺得搞不好哪天遇到裂川王八蛋那系列的傢伙們，都可以放壁虎噴口水毀他們容。

護欄上的萊恩叼著飯糰一邊擦拭起他手上那把長刀。

他身上還是沒有原先的力量感，我猜他應該是剛修復身體就倉促跑路，沒有好好調整，其他的能力還不能使用，所以才改成普通攻擊。

但是普攻魔獸看起來也很痛就是。

「你打架的時候超厲害的。」把飯糰端出去陽台，我在旁邊的椅子坐下，將飯糰籃放在萊恩伸手就可以拿到的地方。「丹恩也不簡單，聽說他年級格鬥分數很高。」那小子代導期過後立刻就把我擺脫掉了，還在自己的年級混得風生水起。

「嗯，我們家族從小都必須接受戰鬥訓練。」萊恩點點頭，順手又拿過一顆飯糰。「史凱爾家在原世界從許多世代前就是戰士家族，我們效忠過很多王者及所選的朋友。」

「原來如此。」難怪他的戰鬥力會這麼強，其實扣掉夏碎學長，萊恩真的是我看過不亞於其他人的純人類，沒有種族加成可以到處碾人，技能還全都只點亮一種，個性不錯、對朋友很好。雖然不知道千冬歲是怎麼選擇萊恩當搭檔的，但如果是我，也會覺得和他搭檔很安心。

至少比和學長他們那種無預警爆炸的核彈安心。

話是這麼講，但想想我同樣沒資格說他們，突然覺得人生眞難。

就在我思考不知道爲何變得很困難的人生時，萊恩舔了舔手指上的醬料，視線一直固定在下方的某一處。「有個公會的人被女妖的手下盯上了。」

我跟著看下去，只看到一個二十幾歲的青年，穿著一套很普通的運動服，模樣也平平無奇，整個就是路人角的樣子，一點也看不出來哪裡像公會的人，不過我倒是發現有縷細細小小的黑色氣息跟在他腳邊，青年卻彷彿什麼都沒感覺到。

「情報班有一些行動模式很好認出來。」萊恩又拿了一顆飯糰，示意我看街道的另外一側，果然有個矮小猥瑣的中年人彎著身體偷偷摸摸地打量那名似乎正在尋找某個特定店家的青年，黑色氣息就是從中年人身上傳來的。

「不用警告他嗎？」我看那青年就這樣一路走過去，好像沒發現自己被跟蹤。

萊恩搖搖頭，繼續晃腳吃飯糰。「他知道。」

既然萊恩都這麼說了，我想想也沒有多事，就看那兩人一前一後消失在街道的另一頭。

跟著拿了一顆飯糰繼續吃，萊恩開始有一下沒一下說起街道上還有哪些怪怪的地方，例如斜對角小攤位的婦人不斷警戒著左右張望，後面的住家門窗又完全遮蔽起來，很可能是裡面藏了人之類的……聽他解說還滿有意思的，可以很快知道不少街上的狀況。

也因此我才意識到，其實萊恩不像平常我以爲的那樣，對周遭沒什麼反應和感覺，相反地，他幾乎都把事情看在眼裡，只是沒表現出來。

看來他和千冬歲搭檔學了不少情報班的能力，又或者是他們家族從小到大的訓練原本就有這環，總之聽他講了一輪後，再重新看著街上的風吹草動，就會有股截然不同的風貌。

一頓飯吃完，哈維恩還沒回來。

血靈從陽台上翻下來，看向我們，「有魅惑女妖靠近，你們可能會被察覺到氣息，先進去。」

我們兩個很快地回到室內，血靈立即在周邊加固一些防禦術法，加上哈維恩留下的及老頭公張開的那些，應該足夠抵擋女妖的探查。

從窗戶向外看，街道上的攤子開始匆忙收起，同時黑暗氣息逐漸變得濃郁，有些東西緩慢地從街道另端移動過來，沒有腳步聲，反而是怪異的摩擦聲響，沒有闖進民宅，只是東嗅嗅、西嗅嗅。

等到靠近後才發現那些是一群長得很像蛇的東西，碧綠色的身體有點晶瑩好看，在光的折射下甚至出現玉一般的剔透光澤。

蛇後面跟著的是三、四名打扮相似的少女，露出的白皙皮膚帶有那種蛇的淡綠色光澤，說說笑笑地像在愉快逛街，閒適的態度與街上戒慎恐懼的氣氛徹底相反。

「這些應該是領主妻女的那些手下。」血靈看了一眼少女們。「青幽族。」

「我們這邊的人嗎？」如果是黑暗系的獸王族，該不會也和哈維恩他們類似吧？

血靈搖頭，「至少在我們退出世界歷史前不是，而且這味道是多重混血，力量不強，一些小雜碎。」

確實，力量感都不強，我都覺得我可以碾壓過她們。

這麼一想，如果領主一家人也是這種程度，西瑞的刺殺任務應該不會太難。

就在這時，房門被敲響了。

第五話　黑吃黑

「是我。」

哈維恩的聲音傳來，因為結界本來就不防他，所以他很輕易就可以自行進入。夜妖精提著一堆東西，進房後看見桌上的盤子和飯糰渣，皺起眉看了我們一眼，然後對萊恩說：「那些醫療班不是說你還不能過量亂吃？」

萊恩一臉無辜乖巧地坐到旁邊。

夜妖精把買來的東西放到桌上，接著從裡面拿出一個漂亮的盒子，打開盒蓋是精緻的小飯糰，隨即冷漠地說：「既然不遵守忌口的調養原則，這就是我和西穆德的食物。」

萊恩愣了下，遭受到嚴重精神打擊而呆滯了。

「離開醫療班這段時間是否會配合調養？想清楚之後好好回答。」哈維恩晃晃手上的飯糰盒，瞇起眼睛。

「……會。」萊恩屈服於飯糰的生命威脅，妥協了。

我默默地看著哈維恩，覺得他的進化方向越來越凶殘。

哈維恩滿意地點頭，分了顆小飯糰給萊恩後就整盒拋給血靈，站在旁邊的血靈不懂這是什麼情況，他一接收到萊恩委屈的目光，很快地縮到陰影裡，把自己徹底藏起來。

把房間裡的人管教一通，哈維恩滿足地開始處理買回來的物品，還放兩壺藥茶到火爐上熬煮。期間遞給我一大包東西，裡面裝滿了符紙和水晶，過半是空白的，不過少許已內含基礎可用的法術，夜妖精讓我先準備些輔助用品，現在萊恩沒辦法製作，所以我們得做兩人份。再來就是藥物和食物，得分別配置和收存。

看我這邊沒法幫忙，萊恩就乖乖地去夜妖精那邊當藥物小幫手。

一時之間房內安靜了下來，大家專心各做各的事，反而把外面魅惑女妖們逛大街的事情丟在腦後。反正她們力量不強，眞的要打我們未必會輸，況且由在路上遇到的那對男女的話可以聽出，她們使用的魅惑對意志堅定的人並沒有用，我就更放心身邊的其他人了。

於是我認眞地盯著空白符紙，經過黑王的凶暴式鍛鍊，我現在畫符紙速度快很多，主要是在注入力量上比剛進學院那時精準幾十倍，而且還學會了抽取不同水晶的元素附加上去，哈維恩有想到這點，買回的水晶中有許多是富含可用元素的力量水晶，不但能用在畫符紙上，也能用於繪製好法陣後再存進符紙裡，一個上午下來便完成了一疊靈符，與萊恩對分，一人拿個二、三十張，至少有點東西防身；哈維恩也重新製作了護身水晶放在萊恩身上，替換原本偏弱的守護。

西瑞是在午飯過後回來的，踏進旅館時他的模樣又變了，不是領主小女兒的樣貌，而是金髮女性的外表，穿著一套傭兵服，問了店主就直接上來找我們，很尋常的傭兵會合情況。

「現在離開嗎？」我把手邊又畫好的符紙遞給萊恩，看向完成任務的某殺手。

「大爺宰了那個領主之後就封城了，要走地下通道出去。」西瑞抬抬下巴讓我們看窗外，街道上出現許多衛兵，瀰漫著一股上午沒有的肅殺氣氛。

沒有問他任務過程，可是我覺得他看我的眼神有點微妙，我挑起眉：「怎麼了？」

「漾～你認識黑色獨角獸嗎？」西瑞也很爽快地開口。

「爲什麼我會認識黑色獨角獸？」我一愣，不知道爲啥是這個問題。

「你不是認識白色的獨角獸？爲啥沒有認識黑色的獨角獸？」西瑞一臉疑惑。

你也說是「白色」獨角獸了啊，那不就是兩個不同顏色的獨角獸嗎！

「我不認識黑色獨角獸，有啥問題嗎？」獨角獸的問題可能得問式青，這讓我想起流越被他們接回去休養，之後那匹白色獨角獸十成十會找時間衝過來把我撞死。

「喔，大爺進去領主的豪宅後在花園找到那傢伙單獨在喝茶，走上去問安，那傢伙就說：『上次答應要給妳看一眼的黑色獨角獸』。」西瑞拿出一大塊肉乾開始咬。

「……然後？」

「然後本大爺就一刀把他捅了，挖出心臟打包。」正面上的殺手態度誠懇地說：「接著他說『妳……』，就掛掉了，本大爺才想起來你認識獨角獸。」

「……」你是不會等他說完關鍵句再殺嗎？

西瑞聳聳肩，「既然不認識就讓他隨風去吧，大海會帶走一切的。」

「不，大海不會帶走一切。」我無言，感到滿心的靠杯。都說到獨角獸了，不知道對方和式青認不認識，畢竟都是幻獸，似乎該通知式青來一趟？可是領主剛剛被殺，那隻獨角獸不知道會不會有危險，因為聽起來原本是掌控在領主手裡，連小女兒都只給看一眼。

所以說，至少讓他說完再殺啊啊啊啊啊！

手速這麼快幹什麼！

人生胃痛。

哈維恩若有所思地盯著我們一會兒，開口：「須要潛入幫你確認那隻獨角獸嗎？」

我有點猶豫，按理來說應該去確定，但是要撤退的話也差不多該撤退了，現在封城，很快就會開始盤查可疑人物，我們今天才剛進城，絕對會馬上找上門。

就在我想問西瑞領主住所的詳細狀況時，一種非常不吉利的感覺猛地出現，而且我手臂還起了雞皮疙瘩，下秒哈維恩立刻將保護結界張到最大。

空氣裡傳來細細、像是尖叫的銳利聲音，街上的人摀著耳朵跪倒在地，呈現痛苦的姿態，沒有力量的普通人更是全身抽搐，吐出血沫；有力量的人立刻倉皇逃進張著結界的屋子，肉眼可見家家戶戶的結界壁快速增強，努力抵抗看不見的攻擊。

就在這種音波潮水般席捲整座城市幾分鐘後，天空突然張開巨大的綠色法陣，幾乎覆蓋整個城市，上面的圖案有幾處很熟悉，它很快壓制住恐怖的音潮，來不及逃難的人才得以拖著一身血爬進有結界的住家保護範圍。

萊恩看著高空中的法陣，瞇起眼睛往上面的圖案掃了幾眼，說道：「公會介入，有戰鬥黑袍在。」

我們還撞上了公會執行任務的現場嗎？

不過這裡不是沒公會據點也沒有簽約？

先前聽他們說情報班在附近，街道上還有那個探查青年……看來公會是接到這城市有危險才會強硬出手。

可是怎麼這麼剛好領主一死公會立刻有動作？

算了反正都和我們無關，既然公會的人出現在這邊，那表示我們得馬上落跑才行，要知道萊恩身上還揹著醫療班懸賞啊！遇到就慘了！

「留個消息給公會說有獨角獸的事情，然後我們跑路！現在馬上！」

比起看戲什麼的，果然還是性命最重要了。

※

我們悄悄離開旅店時，外面已經開始出現大量細細小小的蛇與長相奇異的魔獸。

說奇異是因爲這種魔獸和先前看過的不太一樣，不論在哪邊遇到的魔獸都可以很清楚知道那就是魔獸，就算長得不一樣，也可按照力量與氣息知道是魔物類，然而從我們面前衝過去的三頭犬卻有種詭異的氣味。

雖然還是可以辨認出是魔獸，卻有怪異的種族氣息盤繞其上。

可能是衝出來吃了衛兵或路人，所以混合了力量氣息？

不過這些魔獸是從哪來的？

西瑞一爪子拍開朝我們衝來的雙頭犀牛，很快地帶我們來到一處很偏僻的小巷，在巷底不起眼的位置有條很狹窄的深水溝，我們跳下去後必須側著身體才可以前進，螃蟹般走了大概兩分鐘便進入黑暗區域，前方隨即飄來腐朽又黏膩的味道。

邊走我可以邊感覺到腳底一直踩到某種脆脆的東西，聽起來讓人很不舒服，幸好再往前走一段就沒有那種觸感，而且兩旁空間也越來越大，可以用正常的方式行走，只是高度很矮，要半彎著身體才不會撞到頭，不過沒多久天花板也逐漸變高，慢慢可以直起腰和背。

前方帶路的西瑞彈了手指，點亮周圍空間。

是個典型的城市地下水道，我們打開結界都還能聞到臭味，可見它原本的味道有多濃烈，整條通水渠道都是黑色的，浮沉著各式各樣怪異的東西，每隔一段距離就有個淨化的術法在努力清洗這些排水，可惜能力有限加上廢水實在太毒，洗了一波又一波，污水仍沒辦法徹底洗淨，而且還不斷加入新的殘污；兩邊可站的通道上長滿了黑色苔狀物，黏稠的不明物體正緩緩散出某種淡淡毒素，許多像老鼠般的食腐生物燈一照就全發出怪異的吵雜聲騷動起來。

哈維恩翻出幾件斗篷給我們穿上，避免上面滴下來的不明液體沾到頭髮皮膚。

從這裡還可以隱隱感覺到地面上城市正在進行交戰，不知道是領主方先開始還是公會，力量對撞的波動讓下水道不斷震動，那些本就怕光的小動物竄逃得更厲害了。

「可惡，有架不打無顏見父母。」西瑞對於不能上去打架感到非常嘔。

你甚至還想殺你爸呢說什麼無顏。

「等等。」哈維恩突然伸手抓住西瑞肩膀，我前面的萊恩也抬手擋住我。「有人。」

對方同時發現我們，遙遠的前方突然亮起兩個小小圓點，幽幽的青綠色如同鬼火搖晃著，在這種地方看起來頗讓人毛骨悚然，不過沒有感受到殺意。

等到那東西稍微靠近點後才發現那居然不是什麼燈火，而是眼睛，一條有著雙人環抱粗細的玉綠色大蟒蛇直起身居高臨下陰森地盯著我們，青綠色的光就是牠的雙眼。

「沒魚蝦也好，剝了可以烤來吃！」西瑞一看到有東西可以打，興奮地甩出爪子。

「刀下留蛇！」蛇身後發出驚叫，一名少女匆匆跑出來，長得居然和西瑞之前cos過的城主小女兒有八、七分像，她面帶驚恐地跑到蛇前張開雙手，保護著比自己巨大很多的大蟒蛇。

「小青很乖，求求你們放過牠吧，牠還是個孩子啊！」

「不行！你們以後會和法海槓上，大爺要先斬先贏！不能便宜了那個臭老頭！」

「不！我們不會的，我們只是想離開這個地方……等等，法海是誰？」

「就是許仙去告狀的恐龍法官。」

「我們也不會找許仙告狀啊！」

我看著兩位隔著臭死人的水道對台詞的標準演員，有點衝動想喊聲卡，不理解爲什麼他們電波可以接在一起。

「呃，白小姐……」欸幹不對，我幹嘛要被影響。「這位小姐，我們只是路過，可以保持善良友好互不相干的距離，各走各的人生路嗎？」

「你們不是追兵嗎？」少女瑟瑟發抖地看著我們。

我注意到她身上確實有黑色種族的氣息，外表看來應該和小女兒有血緣關係。

魅惑女妖嗎？

看不出有什麼魅惑技能的少女一抖，連那條看上去很高大威武的青玉蛇也跟著抖，一人一蛇瞬間可憐，彷彿我們眞的要在這裡把他們剝掉。

「不是，我們想離開這座城，因爲城內打起來了，城門封掉只好從這裡出去。」我無奈地解釋兩句。「我們最好不要自我介紹，當作沒看到對方，大家都在跑路，各跑各的路別互相干涉，妳覺得呢？」

「好好好，就這麼辦。」少女連忙點頭。

西瑞看打不起來，嘖了聲把爪子收掉。

直到這時，哈維恩和萊恩才把按在刀柄上的手移開。

顫抖的少女與蛇乖乖地縮回他們對面的路上，很乖地往前走。

於是我們就這樣隔著一條排水道，走了五分鐘後，發現雙方人馬前往的是同一個逃生口。

這就尷尬了。

「各……各位漂亮的姊姊，請問妳們身上有可以交易的物品嗎？」少女忍了半天，終於打破死亡寧靜，小心翼翼地貼在大蛇旁邊朝我們投來期待的目光。

「攔路搶劫嗎？敢搶本小姐，就讓妳知道什麼叫作天堂有門不爽走、地獄無門就踹開！」西瑞那張優美的女性面孔瞬間猙獰。

「我、我不是要搶劫……嗚……嗚啊……」少女直接嚇呆了，然後大哭起來，旁邊的青玉蛇也跟著仰天發出哭嚎的聲音。

……

這蛇的表演慾眞強。

少女和蛇嚎了一會兒，發現沒人要安慰他們，於是尷尬地吸了吸鼻子才可憐巴巴地開口：「因爲我們……臨時逃出來，身上沒有很多東西，但是有些値錢的寶石飾品，想和你們換一些食物。」

我們看起來像是需要飾品的樣子……喔靠，忘記我們現在僞裝過。

似乎是第一次想與別人交易東西，少女臉上出現不好意思的紅暈和表情，咬著下唇，繼續抽抽噎噎地吸鼻涕：「寶石保證都是眞的，你們是傭兵，應該可以看出價値。」說著，她從揹著的背包裡取出好幾個小東西，大多是鑲著漂亮寶石的手環、耳環項鍊，款式看起來很年輕，大概是她的個人物品。

我和哈維恩交換了一眼，點點頭。

雖然有點怪，不過少女身上到目前爲止沒有出現惡意，反而對我們感到害怕，力量低到我都可以很輕鬆地突破她的精神，看來她眞的只是有某種原因想要盡快逃離這地方。

哈維恩跳過發臭的水道，在少女那邊挑揀了幾件飾品，然後交換相應的食物和附近可用的貨幣與水晶給她，可能沒想到我們沒佔她便宜，少女感激地連連道謝。

「感謝各位姊姊和哥哥……」少女抹抹眼睛，轉向我們後突然一頓，沉默了幾秒，表情逐漸怪異，接著驚愕地瞠大眼睛。「等等，你們……不對……你們……白色種族……」

我皺起眉，準備衝擊他們的精神。

少女雙手捧著臉，大喊——

「你們是白色種族的女裝大佬！」

「……」

並不是！

少女摀著通紅的臉，旁邊的蛇也用尾巴摀著眼睛。

「抱、抱歉，我忘記因爲我們家的關係，城裡的男人不太敢走動。」少女尷尬地抬起頭，順道發現把自己的身分說出口了，她吶吶地繼續說：「呃，我是凡妮莎，領主的二女兒……」

不意外，發現她和小女兒很像時就猜到了。但是我們的遊戲規則不是不能自我介紹嗎，爲什麼要繼續講啊！當作不知道不就好了眞是！

「妳家的話妳逃什麼？」等哈維恩跳回來，我們繼續往前走，少女帶著蛇也跟著移動。

「……好不容易父親死了，當然要逃。」凡妮莎大概抱持著反正都洩露了乾脆說個徹底的自暴自棄心態，吐苦水般各種碎碎唸地抱怨起來：「我繼承到的力量很低微，而小青太乖了不聽其他人的話，所以我們一直被關在自己的小庭院裡，父親控制大半個青幽族幫他做事，母親和姊姊、妹妹都忙著到處誘拐男人吸食精氣，每天家裡都是一坨惡臭……沒想到今天父親突然死了，他的控制陣法大亂，我才趕緊逃出來，那些白色種族的公會還是會幹點好事的嘛。」

其實幹掉妳爸的不是公會。

我看了眼走在前面若無其事的西瑞，覺得上面打得很凶猛的公會莫名其妙幫人揹黑鍋了，如果被他們發現下手的是誰，不知道會不會找時間去殺手家族報復這個天外飛鍋。

話說回來，上面既然打起來了，是不是正好符合血靈收集那種戰場氣息之類的東西的條件？他在這裡能不能收集到？剛剛應該把他丟在外面讓他去採集。現在有外人在不方便喊他出來，希望他自己見機行事了。

沒注意到我們這邊的反應，少女可能是逮到機會可以說話，還在持續傾吐怨言：「我父親是個很可怕的人，他掌握了半個青幽族，讓一堆族人入住領主府，替他四處買賣幻獸和罕見封印，爲了不讓族人跑掉，所以我們身上全都被放置監控術法，好不容易今天散掉，得在母親重新掌握之前趕緊逃離才行……」

「如果妳再繼續蠱惑我的主人，我就殺了妳。」哈維恩突然打斷對方的話，冰冷語氣挾帶不遮掩的殺氣瞬間席捲下水道區域，就連水道裡的陣法圈都僵住了幾秒才又重新恢復動作。

我看向快速躲到青玉蛇後的少女，嘖了聲。

果然還是不可以人太好嗎？差點就相信她眞的膽小又害怕了，沒想到她還偷偷地想用談話引起我們的注意力和關懷，進一步施展她的迷惑。

如果眞的像她所說的，族人全被掌控，以她膽小天眞怕事的個性，可以好好活在那個地方而不沾血腥其實是不可能的事情，況且按照西瑞的情報，領主下面三個女兒都有在誘拐男人，我會更相信他家的情報一點。

再來說到領主掌控人的事……說眞的，會被假扮的小女兒近身然後一刀挖走心臟，其實我比較傾向這個領主相當關懷妻女，並且對她們沒有任何惡意。

「妳到底有什麼企圖？」本來很想對這裡的事置身事外，快點趕去血靈的居住地，不過既然對方一直這樣試探，我也不會有太好的口氣。

第一次告訴她不要介紹和互相干涉，第二次好心給她換了食物和貨幣，第三次她還乾脆自動自發介紹起家世來了。

是不是真的想被打？

「不就是幾個白色種族……」一反剛剛抽抽噎噎的形象，少女和蛇露出冰冷的表情，直接撕下懦弱的臉皮，再也不遮掩地發出強烈惡意。

「喔妳搞錯了。」我笑了笑抬起手指，恐怖力量直接下壓凡妮莎和那條演員蛇，瞬間出現的血靈把青玉蛇搥進水道，而眨眼出現在少女身後的哈維恩則是把刀鋒卡在對方的頸子上。

「我們是黑色種族，黑吃黑是常態，讓妳死在這裡妳都沒地方哭。」

少女一臉震驚，這次真的露出極度恐懼的表情看著我們了。

她大概沒想到看似三個白色種族的女裝……啊呸，看似三個白色種族加一個黑色種族路人的組合，沒想到跳出來的是三個黑色種族加兩個白色種族，還是可以秒殺她的那種。

萊恩收回按在西瑞肩膀上的手，後者一臉不滿地收回自己的爪子，「你這樣搶本大爺獵物會天打雷劈的。」

「我怕你殺太快啊，下次有大的再送你。」我收回黑色力量，好整以暇地看著已經被制住的一人一蛇。「說吧，想怎麼死？」

被按著跪在地上的少女瑟瑟發抖了起來，這次抖得很誠意，那條蟒蛇頭側一大塊凹下，很痛苦地在黑水溝裡掙扎著，本來漂亮的身軀覆蓋層層黏膩的污水，一時半刻竟然爬不上來，足見血靈下手有多凶狠。

「我……」少女眨著大大的眼睛，眼淚開始凝聚。

「我勸妳想好再說話，不要再想用魅惑了，這招對我們沒用。」我拉出一絲黑色氣流彈進對方的腦袋裡，直到她開始露出痛苦表情，我才把剛剛的問題重覆一次：「妳有什麼企圖？」

凡妮莎默默把眼淚收回去，雙手抱著腦袋，驚訝又恐懼地半低著頭小心翼翼地看向我，活生生重回被欺負的村民模樣：「……我知道你們裡面有人殺了父親……我說的有一半是眞話，我父親與母親控制了大半個青幽族為他們辦事，以及誘惑男性，還聯合了不少黑色種族替他們收集大量幻獸與珍貴術法和封印，我們都稱他們存放那些珍貴物品的地方叫作寶庫……寶庫的鑰匙分別存放在他與母親的心臟裡，但他們始終不讓我們幾個姊妹接近寶庫，我一直想要比那兩個白痴姊妹先取得，不過今天父親突然被殺且心臟被挖走了，我想這是個絕佳的機會。」

說到心臟我才意識到西瑞把對方心臟挖走，正常如果要確認目標物死亡應該會割腦袋，他反而是要拿心臟交差，是不是發出任務的人本身就是衝著心臟來的？

「那妳憑什麼覺得是我們動手的。」西瑞雖然有點神經，但我不懷疑他的暗殺手法，他敢一個人去就是做好可以全身而退、不被發現的準備，就像過往他也常常無預警就出現在奇怪的地方，甚至戰場前線。何況少女並沒有確實地指出是誰，只說是我們裡面有人，而她在被制伏前還不知道我們全部有幾個人。

「我的力量雖然不強，但是……有一點預知能力。」凡妮莎咬咬下唇，有點不太甘心地攤出底牌：「很弱，隱隱約約只知道方向，所以我才趁城裡混亂跑出來賭一把。」

「恭喜答錯。」我冷笑了聲，拇指磨挲著食指，引動黑色力量讓少女再次露出吃痛神情，分散她的注意力。「不在我們手上，妳用腦子想想，如果我們眞的拿到妳老杯的心臟鑰匙早就去開寶庫了，誰跟妳在這裡下水道大逃亡，我們是來辦事情，不想和公會正面對上，妳還不如去上面找那些公會，搞不好他們等等就要開寶箱了。」

失禮了各位公會大哥大姊，不過你們比較強，麻煩先幫忙把鍋揹著吧。

萊恩看向我，這位白袍對於我睜眼說瞎話的行爲露出微妙的表情，幸好沒有當場拆穿。

大概是覺得我說的很有道理，凡妮莎陷入思考，然而她這種程度要上去幹公會大概會瞬間死在地上成爲第一線砲灰，所以她猶豫了一會兒才開口：「同爲黑色種族的弟兄們，或許我們可以做個交易，一起對付公會拿回……」

「不，恕我拒絕。」公會看到我們根本會直接圍毆打死好嗎，分分秒秒十八層地獄款待。

「你怎麼這麼沒有同胞愛！」凡妮莎憤怒了。

「妳聽過黑色種族有同胞愛的嗎？呷賽啦！」黑色種族不就是看誰都搥的存在嗎，爲什麼要把希望寄託在黑色種族身上？妳白色種族膩！

「……對，我們好像沒有同胞愛。」凡妮莎對自己剛剛的傻話做了幾秒的反省，於是重新開口：「打開寶庫後你七我三？」

「滾，我們不插手和公會有關的事情。」我們只想從公會的手中逃亡，逃得遠遠的，直到世界盡頭的那一邊。「把她和蛇綁在這裡，我們閃人。」

哈維恩和西穆德執行速度很快，完全不和少女廢話，三兩下就把少女和蛇捆成繭丟在原地，連嘴巴都封起來。

可能沒想到我們眞的完全沒有要合作的打算，少女努力地唔唔唔掙扎，直到我們跑出一段路都還可以感受到身後的怨念。

幸好她沒有帶其他追兵，所以我們一路逃出城外相當順利。

下水道還是滿夠力的，不知道是不是當初在建造時存著想要多繞幾個地方偷排污水的心，總之花了大半天來到的出口離小城足夠遠，臨時想從城內追我們還得花點時間。

我們沿著路又走了一段，直到把打起來變成花花綠綠的整座城拋到腦後，西瑞才讓大家停下，並放了一個很騷包的亮藍色信號出去，只見一條藍線在空中劃了個圈後三秒蒸發，沒一會兒遠端有個紫色光影瞬時劃出一道光痕，回應似地眨眼消失。

「走吧，去繳個任務。」

西瑞招招手，我們再次快速移動。

⁂

說實在的我是很想先把女裝卸掉，出城了還穿女裝我覺得內心有點疼痛。

不過西瑞好像打算用這模樣先把任務處理完，我只好乖乖跟著跑，萊恩反倒沒什麼反應，大概中性打扮讓他還算適應，哈維恩和血靈跑著跑著就不見了，可能是隱在暗處保護安全，就怕剛剛青玉蛇的事情再發生一次。

所以直到會合點時，我們還是很像由三名女性組成的冒險團，表面力量並不強，一臉路上有強盜跳出來都可以搥爆我們的弱小可欺。

會合點在一座小小的老枯林，整片樹木全枯死了，不過死前應該是有猛烈掙扎過，五爪般分岔的枯枝乾巴巴地往四面八方捲成各種怪異形狀，乍看之下還真有點慘烈猙獰，空氣中都有種能聽見細微慘叫的錯覺，如果再來個濃霧和蝙蝠什麼的，就很適合拍恐怖片。

魔龍和米納斯的警示同時傳來，我看見林深處的枯木上吊掛著一具人體，一身黑色包頭包臉的打扮，看上去很新鮮還在冒血，身上插了好幾支黑箭，他懸空的腳下則掉落幾顆圓球，和剛剛西瑞打信號時拿的是一模一樣的東西。

這大概是屍體了，沒有生命跡象也不掙扎。

「有埋伏。」萊恩抽出長刀，反射性地擋到我前方。

「等等，本小姐倒是要看看誰仙人跳。」西瑞按住萊恩的手，居然還是女生的嗓音，很入戲地把他的女裝設定執行到底。

我看了眼西瑞，沒把黑色力量調出來，繼續維持著弱弱的白色假象。

萊恩沒有衝出去，但也沒有收刀，就維持著該有的警戒狀態。

半分鐘後，枯林周圍浮現層層黑影，彷彿確認過我們真的只有三人，便開始從各自的隱藏術法裡現出身形。

從我們正前方走出來的是個高大的中年男人，帶著一股威嚴與淡淡的黑色種族力量感，環繞著我們的伏兵也都釋出同樣的黑暗威脅，試圖用此震懾三個白色種族。

總之我是沒感覺，長期被黑王和陰影壓迫下來，這些人的壓力對我來說比較像一般不足爲懼的小型黑色種族，萊恩看上去也沒反應，西瑞更不用說了，他比我更像個黑色種族。

看我們三人臉色都沒變，中年男人眼裡閃過一絲異樣，但遮掩得很好，用不以爲然的態度開口：「我就是懸賞柏立德心臟任務的人，我要老傢伙的心臟。」

我重新打量這個中年人，是隔壁領主？

直接過來拿任務品是常態嗎？

不管怎樣，有個疑似接應人被殺我就覺得不是常態。

這時西瑞指指被掛在樹上的屍體，那張優美的女性面孔露出似笑非笑的奇異表情：「知道動了羅耶伊亞家的人會發生什麼事嗎？」

「我們急需那顆心臟，交出來就是完成任務，不交就是死。」中年人語氣不改，冰冷直接地開口：「尾款在這。」

說完，他甩出一個木盒子，重重砸在西瑞腳前。

態度囂張到不行，徹底把我們一行三人看扁到土裡，沒說出口的顯然就是他覺得我們不交也無所謂，他大可以碾掉我們三個再從屍體搜。

西瑞沒有像平常一樣直接爆裂天際開啓屠殺模式，而是冷笑了聲，同樣甩出個盒子，砸在對方腳上。

沒錯，腳上，把那個人砸得一跳腳，感覺很痛，特別是那個盒子還入土三分，完全可以體會得出砸在腳趾上有多痛，連我都下意識縮了縮靴裡的腳趾。

「契約。」西瑞勾勾手指。

中年人這次拿出一個卷軸，不過他看上去不想用丟的了，而是讓旁邊的手下拿過來，西瑞拿到卷軸後一彈指，旁邊掛著的屍體摔下來，身上滾出一顆黑水晶，他走過去撿了水晶拂掉上面的封鎖印記，兩樣物品湊在一起瞬間起火，燒得一點都不剩。

「任務完成。」西瑞面無表情地說。

中年人看起來隱約鬆了口氣，露出有點狠毒的笑容：「羅耶伊亞家族果然名符其實，這次得罪了，我們確實是急著需要這東西，改天再送上賠禮，希望有機會再合作。」說完，他帶著一整群手下慢慢往後退，大量圍兵就像來時般，逐漸消失蹤影。

直到這些人的氣息完全消失，米納斯也傳來周圍伏兵都退掉的消息後，我才看向西瑞：「怎麼不打？」雖然是黑色種族，不過這些人沒有很強，雖然我身體還在恢復期，但對付這些普通黑色種族的腦也很夠了。

況且依西瑞的性格，應該是卯起來把這些傢伙往死裡打才對啊。

這是一個被湖水女神換過的西瑞嗎？

「大爺被攔路虎攔兩次了，我要讓他們看看什麼才叫攔路之王。」西瑞咧開讓人不安的詭笑，走到旁邊踢了一腳趴在地上的屍體。「起來，演太爛了。」

那具「屍體」猛地跳起，身上還插著一堆箭。

我還眞的被嚇一跳，因爲剛剛看到屍體時這人身上眞的就是掛掉的感覺，沒有生機，徹底陣亡。

「屬下已經演過三百八十次屍體，對屍體的演技很有自信。」被質疑演技的屍體不滿地發出抗議，開始拔戳在他身上的箭，每拔一支都帶出血，看起來眞的是插在身體裡面。

「不對，你死前應該要轉三個圈，然後慢動作倒下，畫面還要唯美霧化，被掛上去要呈現淒美的弧度。」西瑞發出無理的要求。

「……屬下並不想演給凶手看。」敢怒不敢言的屍體憋了半天，只能這樣說。

雖然我覺得他是想說：靠杯喔這種死法誰會相信他死了！搞不好對方還會上前補刀，本來假死直接被補成眞死，弧你媽的度。

所以他是怎麼死得這麼眞實？

因爲眞的很好奇，秉持著有問題要馬上問的態度，於是我當場發問，而且我覺得萊恩也很在意，他一直頻頻看著屍體拔箭。

「喔，羅耶伊亞家族有避開要害的訓練，每個人都要學，我們可以在生死關頭用最小的動作或是抽搐讓凶器微小偏移。」屍體看我們兩個注意著他的表情，很大方拉開衣服，他身上眞的滿滿都是血洞，看起來似乎被貫穿致命處，其實都偏差了一點點。「接下來只要用我們不公開的祕法就可以詐死，有一段時間無法感受到生命氣息，騙騙那些低能很夠了。」

「……那如果對方剁頭呢？」我認眞提出質疑，還有我覺得我剛剛好像也被罵進去了。

「……那就眞死了。」屍體誠懇地回答：「職業風險，有賺有賠，遇到砍頭怪不能裝死，要先砍他才行，沒有白白送頭給對方的選項。」

這行業風險眞高。

「不過這樣不會很痛嗎？」我看他一身的洞洞，整個就很痛啊。殺手家族都這樣練也太可怕，這個演屍體的人看起來是情報或輔助人員啊？

屍體露出來的雙眼空洞了兩秒，像是想起了什麼可怕的事情。

「演屍體的機會他們都用搶的，大爺沒有逼他們。」西瑞馬上搖頭表示他不是慣老闆：

「任務結束大爺都讓演屍體的放一個月帶薪傷假，還可以去報領最好的藥。」

「不不，這樣還是很痛啊。」一想到插了很多箭就覺得痛，我無法理解當殺手喜歡演屍體的邏輯。

「請放心，屬下演過更慘的，被打斷全身骨頭，或是被剮了上百刀。」屍體回過神，連忙開口：「這是小意思。」

我越來越覺得殺手這個行業太可怕了。

耐痛力就很可怕。

「只要讓我們一個月不用看見三少爺……」屍體說著說著突然哭了。

「……」

「……」

喔，秒懂。

原來耐痛是這樣練出來的。

果然心靈的痛才是世上最痛的痛。

在心中默哀了一會兒殺手家族不為人知的蛋痛後，我們歪掉的話題才重新轉回。

「所以你一開始就知道有埋伏？」我想了想，屍體看起來就是事先準備的，加上離開小城後他並沒有讓我們換回原本裝束、繼續遮掩眞面目，也就是說西瑞早知道有問題才讓擅長裝死的人來接應。

接著我看向萊恩，這人的反應都沒有很大，所以也知道？

「有發現不對勁。」注意到我的視線，萊恩點點頭又搖頭：「但不知道他的意圖。」

「本大爺又不是第一次掏心臟。」西瑞歪著腦袋，理所當然地回答：「心臟裡面有沒有東西，手感一摸就知道啊。」

……

……爲什麼我會有種這傢伙好像可以去考醫生的錯覺。

「漾你如果有興趣，本大爺可以教你啊。」西瑞抬起手在空中抓了兩下，那動作有點不太對。「大爺專業十幾年，什麼都掏過，看多了喜歡把重要物品藏在身體裡面的案例，一抓就知道。」

「不，不用了。」我凝視著很想教我三秒辨別人體內容物的人，確認他果然是九瀾的親兄弟。「那你怎麼和你屬下確定會在這裡被包圍啊？」

萊恩輕輕啊了聲，開口：「你暗殺時間太長。」

被這麼一提，我猛地想到西瑞回來時說過他直接進去，看見領主就捅死，那麼他應該要很快就回來和我們會合，然而他還是花了點時間，我原本以爲是重新變裝的關係。

「大爺去打摩斯密碼了。」西瑞直接承認他找人聯繫。

我抓抓臉，覺得有點神祕，雖然他都聯絡好了，但又怎麼確認一定會有人來埋伏心臟鑰匙？還這麼準地知道對方會殺掉接應人，且可以找到這個會合地點？

殺手家族的會合地點有這麼好找嗎？

「你打出去的信號？」萊恩看向西瑞，問道。

西瑞咧開嘴，露出我猜猜猜玩得很愉快的表情，「對，會合點有五個，大爺發現心臟不對的時候就準備好了，一個在城裡面，他們都露出破綻等尾刀仔來，現在其他人去追蹤尾刀仔了。」

「那如果沒有尾刀仔，安全無事呢？」我就滿好奇的，他怎麼就認定我們來到這裡一定會撞見尾刀仔。

「就會打黃色。」西瑞突然沒頭沒腦地說了句。

「嗄？」我愣住。

「漾~你是不是沒童年啊，居然不知道紅綠燈？你這樣出門會被車撞死喔。」西瑞用憐憫的眼神拍拍我的肩膀。

「你才被車撞死，你剛剛有紅綠燈嗎？」我拍掉他的手。

……

……

不對，等等。

我想起了他兩邊信號的顏色。

「你直接打紅色不是跟尾刀仔說這裡有危險嗎。」某殺手嘖嘖兩聲，用一種看沒出社會小孩的慈祥目光對我說：「大爺打的是藍色，對面的紫色扣掉藍色就是紅色啊，你就知道那裡有危險，沒危險他就打黃色了，加在一起不就變綠色安全嗎。所以打紫色大爺就知道接應人有問題，打黃色就知道是安全的，由眞正的接應人來收件和轉交。」

……你爲什麼會在這種地方出現小聰明呢？

「黃色就只有眞正的接應人會打嗎？」這樣聽起來，裝死的都不是眞的接應人，而是準備好假裝出事的誘餌。

「對，不過如果他遇到危險，也會打紫色。」西瑞點點頭。

看來色盲不適合從事這個行業。

「我們只有誘騙尾刀仔才會把信號打出去，平常沒有問題的話不會把信號做這麼明顯。」屍體看我們聊天，興致勃勃地插話補充：「信號打出去都是給敵人看的，讓他們知道可以動手了。」

我看著西瑞和屍體，覺得這工作眞複雜。

等等！那也就是說即使打的是黃色，也不一定百分之百安全啊，黃色雖然代表是眞正的接應人，但如果他依然明晃晃地把信號打出來，那就表示他們其實還是在誘騙人出手，所以打黃色的接應人應該是所有誘騙團裡實力最強的那個？他是最後引誘尾刀仔出面卻又可以保證交接安全的存在，尾刀仔最有可能滅團在這個人手上吧！

殺手的世界好忙亂啊！

「我們一共有數千種信號組合，不同殺手組合也會研發出不同的信號，避免固化被破解，有興趣可以來實習看看喔。」屍體彎起眼睛，很友善地邀請。

「呃、我就算了，我腦袋不好。」看來我果然沒有相關行業的天分，還是好好當個單純的黑色種族好了。

我揉了揉已經有點＄％＃＠＃＄的腦袋，決定不要去深思五個會合點還有什麼差異和用途，先放著改天再問……不過這好像是人家的商業機密，問太多貌似也不行啊。

「鑰匙在你手上嗎？」既然西瑞第一時間就知道心臟有問題，那我想他剛剛那麼爽快地把東西給別人，十之八九動過手腳了。

「不愧是大爺的僕人。」得逞的殺手壞笑著張開左手手掌，掌心出現一公分左右的小圓圈，薄得像紙片一樣，中心有個很小很小的圖案。「敢黑吃黑本大爺，本大爺就讓他知道什麼叫作黑吃黑吃黑。」

明白他的打算了，那群人來拿心臟就是怕殺手發現心臟上的祕密，現在一到手，他們肯定會馬上趕去寶庫，避免殺手和領主夫人去追他們。

「好歹是你家客戶，反吃沒有問題嗎？」我有點擔心他們的商譽。

「大爺剛剛不是完成任務契約了嗎，銀貨兩訖，解除合作後要他命很正常，遇到奧客反殺也是售後服務的一種。」西瑞收起小圓圈，揮手讓屍體拿著地上的盒子先離開。「況且這個任務要的是心臟，本大爺已經把心臟給他了，向羅耶伊亞家委託任務是有規定的，要帶回特殊物品一定要先講，價格和風險、任務等級不一樣，相應派出的人也不一樣，今天如果不是大爺來，負責的傢伙和他的接應搭檔早死了。」

說起來也是，純粹帶回心臟和帶回一整個寶庫的價值不同，顯然剛剛埋伏的那批人避重就輕，怕會合點的接應人驗證物品時發現多出的鑰匙，才會急忙來攔截吧。

殺手家族之所以到現在還威名在外就表示他們有一定的信譽，即使知道心臟裡有鑰匙，只要乖乖講明，委託的任務應該同樣會完美達成，現在隔壁領主要這種小花招，看來會眞正得罪整個殺手家族。

「你要找個安全的地方休息嗎？」看向萊恩，他似乎很累，我有點擔心他的身體，打算讓哈維恩留下來照顧他。

萊恩搖頭，「一起，我也想看看寶庫。」

「安啦，那群跑龍套的沒有很強，你們兩個在旁邊看大爺一腳踩死他們就好。」西瑞打了哈欠，一點也不把隔壁領主與他的部隊放在眼裡。

確實，剛剛那群人說強也不算很強，只是人數多打起來有點麻煩而已，讓哈維恩和血靈注意好萊恩就沒危險。

「上路了！尾刀仔們已經帶我們前往他們的人生終點！朝夕陽前進吧！」西瑞一蹦，開心地往大屠殺預定場地向前衝。

所以我說，先把女裝換掉啊喂！

第六話　青幽的寶物

我本來以為寶庫會在城裡，還想了下遇到公會要怎麼逃命。

其實連結局都想好了，就是根本逃不過公會，最終被他們追上來揍一頓，接著就會出現幾個熟面孔來將我們認領回去，後續被教育如果逃不贏必須換個方式跑云云的。

然後路線把我們帶離小城周邊地區，完全沒有出現幻想中的場景。

黑吃黑的路線跨過一座小山，最終出現在夕陽西下、映照在橙色光芒中的是一處綿延岩山，底下有幾條人工開鑿出來的洞穴道路。

「礦脈？」我想起來那個任務簡介上提到的導火線，兩方為了礦脈結下死仇。

原來不是礦脈，而是礦脈裡面有寶庫嗎？

也就是說柏立德把寶庫藏在這個偏僻無人的山裡面，假裝開鑿礦脈，沒想到和旁邊的領地起摩擦，又或者隔壁的領主發現這裡有寶庫於是生出貪念……反正這些也不干我們的事，我們來到這裡就是要把他們黑吃黑吃黑的，誰先砍誰都無所謂。

不過按照周邊超級荒涼而且連根草和水流都沒有的環境來看，普通人還眞的不會想要來這裡。一大片岩山山脈沒有任何生物，且環境中的力量感過度稀薄，不具備太大的經濟價值，說不定礦脈還不是眞礦，只是個藉口。

現在，伏擊我們的隊伍聚集在一個洞穴入口處，我們三個則是在有點距離的巨石後方盯著他們。

沒多久，從逐漸變暗的天色裡走來了個東西和那群人會合……喔應該說兩個，那條蟒蛇和領主的二女兒，看來他們早勾結在一起，領主掛掉後二女兒馬上報訊，那群人才會伏擊接應人，因爲知道心臟很快就會被送過去。

「本大爺現在就去把他們一網打……噗！」

正要衝出去的西瑞被人扯住領子抓回來，面不改色的萊恩豎起手指，「安靜。」

西瑞被打斷興頭，凶惡地瞪了萊恩一眼，居然眞的沒有發出聲音，兩人無聲地盯著入口那邊的動靜。

取得心臟的中年人和凡妮莎顯得有點興奮，前者打開放置心臟的盒子後試圖從上面找點什麼出來，兩人看上去似乎不知道要用心臟的哪個部分來開啓入口，最後他們只好把整顆心臟掏出來放到旁邊一個不起眼的石製小平台上。

洞穴內很快傳來一連串聲響，貌似有什麼沉重的機關在緩慢運轉，持續約莫半分鐘後停止。那群人留了兩人在外看守，連同青玉蛇在內，其他人很快地進入洞穴，沒多久，洞內再次傳來運轉聲，可能是裡頭開啓的通道又重新關上。

我們面面相覷了幾秒，有點疑惑。

「所以心臟本身就有用嗎？」我看外面那兩人也沒發生事情，或者是西瑞拿到的其實不是鑰匙而是其他東西？

「試試就知道了，走吧。」萊恩放開揪住西瑞的手，在他率先走出去的同時，兩名看守者無聲地倒下，秒速處理掉人的哈維恩和血靈已經站在那邊等我們。

靠近小平台，我們點亮一盞小小燈，看見上面有個花紋，和西瑞拿到的玩意紋路相符合，他把那枚圖案貼片弄出來，黏在掌心按上平台。

沒有任何聲音。

「在那裡。」哈維恩移動燈盞，照亮我們左側大概十步遠的岩石牆面，上頭無聲無息地開了一道門，正好是可以容納一人進出的大小。

我們正要檢查有沒有問題，西瑞拔腿第一個衝進去，完全沒在擔心陷阱什麼的，看他瞬間消失在黑暗裡的背影，我們只好相信他的野性第六感，直追上去。

就和門一樣，裡面開鑿出的通道也不算寬廣，頂上每隔一段距離就有隱隱的暗光，看起來很朦朧，有鬼出現都不意外。

本來想提醒西瑞不要跑太快以免有問題，但我馬上就發現真的有問題了。在外面時感覺不到這山有特別的生機或力量感，但在裡面走一小段後我立刻注意到這座岩山似乎可以遮蔽所謂的力量感……因爲我居然感覺不到身邊其他人的力量了，更別說跑在前方的西瑞，幾個人簡直像普通人。

特殊材質嗎？

難怪會把寶庫藏在裡面。這座山本身就是價値連城的特殊隱蔽礦，開鑿之後絕對可以做出大量遮蔽力量的物品，由此可見被包在裡頭的寶庫有著遠超於礦脈的珍貴，或者是有重大原因不可面世。

若不是與領主的二女兒勾結，隔壁領主要找到這地方可能也不容易，那麼兩邊會起衝突是因爲二女兒勾結外人？打算踹掉父母姊妹謀奪家產單幹？

正腦補到底是哪種陰謀之際，前方突然傳來咚的一聲，奔馳在人生路的西瑞不知道撞到什麼，我們腳底猛地發出亮光，所有人瞬間戒備起來，微亮的地板居然竟然開始出現了畫面……是剛剛先進來的那批人，下方的通道空間很大，與我們走的小道不同，他們選的路甚至兩邊還有一排點亮的牆壁火把。

那邊的人似乎看不見正上方的我們，而我們不但可以看見還能聽見，就像在看一齣現場直播。剛才這支隊伍威風凜凜地進來，現在竟然變得很狼狽，而且少了很多人，帶頭的中年人和凡妮莎正在爭執，那條青玉蛇對著四周的人發出恫嚇的嘶嘶聲響，顯然兩邊火氣都很大。

「妳是不是故意想要害死我們？」中年人一臉陰狠，手上握著染血的刀，刀鋒上有大大小小的缺口，明顯經過一輪惡戰。

「並沒有！我也想快點離開這個鬼地方好嗎！」凡妮莎尖叫著，和之前我們遇到她時的樣子完全不同。不知道短短的這段時間裡遇到了什麼，少女半失去理智，有點歇斯底里地抓狂。

「說好了我只要青幽族的祕傳之石，母親就快來了，我還不想死，問題出在你們太垃圾了！和說好的不同，你明明說你們對抗十倍人數的軍隊都沒問題，現在呢！全都是廢物！廢物！」

「我們廢物？」中年人被氣到笑出來了：「我們甚至得罪了殺手一族。」

「那是你們的問題。」凡妮莎冷笑了聲：「你們大可等殺手一族交易完，沒人叫你去伏擊接應人。」

「如果殺手一族發現心臟裡的鑰匙，妳認為妳還有機會搶先進來嗎？」中年人看了眼少女，語氣不善，他甚至沒去反省是自己隱瞞委託任務的內容才得罪殺手一族。「二小姐，妳要是有能力自己去面對剛才那些惡魔，儘管各走各的！」

凡妮莎看起來是不敢，所以她停止不滿的叫囂，漲紅著一張臉忿忿地瞪著剩餘的人。

「繼續……」中年人抬起手，才剛開口就被後方傳來的驚叫聲打斷。

「領主！又來了！那些東西又來了！」

在後面休息的士兵們發出慘叫，那是很驚恐的聲音，彷彿靠過來的某種存在可以扭碎他們僅剩不多的理智。

我轉過頭看著我們來時的晦暗通道，提著燈增加亮度的哈維恩搖搖頭，表示我們這裡沒有受到襲擊。

看來通道的安全度還是有差異。

下方傳來一陣詭異的窸窣聲，不是大型生物而是細細小小、用著髮絲般小腳大批移動的聲響，很快地黑暗裡爬出一點一點的黑色小東西，其中居然還有我可以辨認出來的存在。

「食魂蟲？」我認出那些碎碎的大便，它們正在往那些士兵身上撲，有些來不及閃避的一被咬上就遭啃食力量，幾乎很難抵抗。

這裡有食魂死靈？

「這數量……應該是被移植過來的。」萊恩看了一會兒，微皺起眉，對這些不該出現的大便同樣感到不愉快。「有食魂死靈的話，不會這麼少。」

與食魂蟲一起出現的還有兩、三種不同黑蟲，有大有小，最大的如貓般大小，看起來很像跳蚤，一咬到人眨眼就把血肉吸乾，有個摔在地上的士兵瞬間被一群跳蚤吸成乾屍，還沒完全死透的乾癟人體非常猙獰，用盡最後的力氣勉強抽搐著，隨即又被其他蟲群覆蓋啃咬，簡直地獄般的景象。即使在安全地方觀看，我都覺得手腳發涼，這種死法十分驚悚，完全就是在報復單純使用心臟進入的入侵者，滿滿惡意。

中年人立刻重整隊伍陣勢進行保護和攻擊，凡妮莎縮在後頭，那條蟒蛇則圍繞在她身邊。

「別看啦！我們快去找寶藏吧。」對下方狀況視而不見，根本沒打算同情誰的西瑞轉過頭催促道：「大爺覺得裡面一定很有趣！」

不曉得是不是西瑞說的話帶有啥心理效果，我莫名感覺真的該往前走了，似乎有某種東西正在等待我們過去。

反正底下再怎樣慘烈，我們都不可能出手救援，更別提還會被捲入。

雖然這樣說很無良，但真的就只能眼睜睜看著他們升天了。

我咬牙轉開視線，決定不要繼續看下去，既然對方選擇入侵，那就要有付出代價的心理準備，這點我們也是一樣。目前通道雖然沒有危險，但出現的直播畫面就是在警告這件事，不論走哪條路，無法迴避攻擊的外來者都有可能被啃食。

「走吧。」

前進非常順利，小路平坦又筆直，整個順到一種沒辦法想像的狀況。

因為最近太常出事，加上看過另一邊的地獄場景，這麼平順反倒讓繃緊神經準備應付突發狀況的我很不習慣。大約跑了五分鐘左右，前方出現一道門，最前面的西瑞一腳踢開門扉，我才想提醒他小心門後有東西就看見他連著門把後面的「東西」一起踹出去了。

接著萊恩甩出長刀打暈兩個發現不對、撲過來的人。

就這麼短短的兩、三秒，門後一室的人全被打倒，一點聲音都沒有發出，同時動手的血靈和哈維恩壓制的人最多，足足有八個人。

反而是正要拿出幻武的我一個都沒有撿到。

「……」同伴闖關太快沒有我發揮的餘地，來這裡的我就像個動作遲緩的觀光老灰阿，只差沒提個水壺。

我無言地看著滿地躺平的十多人，發現他們有個共通點。「全都是青幽族？」門內的人過半都是女性，只有三名男性，服裝和皮膚特徵全都相同，還散發出淡淡的黑色種族氣味，是凡妮莎的族人。

哈維恩把這些人都拖到角落捆起來。

我們進入的地方是個六十坪左右的空間，感覺是個休息室，兩側擺放了些顯然是消遣用的小物品和沙發、矮桌，比較引人注目的是掛在另一角的鳥籠，籠子不小，裡面有隻白色的鷹，渾身上下捆滿控制行動的咒文，深藍色的眼睛銳利地瞪往我們的方向，鳥臉大大寫滿不爽。

血靈有點詫異地走到籠子前打量了白鷹一會兒，還拿起來搖兩下，裡面的鳥抓狂地尖叫兩聲。「這是重柳族的魂鷹。」

「魂鷹？」我隱約記得之前重柳族那群人在靠夭時有聽過這個詞。

「是，很久以前戰場上見過，時間種族死後和一般種族不太一樣，魂靈不會如大部分的人走向安息之地或冥府等處，而是被族人帶回，或是由魂鷹引靈帶回族內。」血靈把籠子旁邊的鐵鍊解開後交給萊恩，原本警戒著血靈的白鷹到了萊恩手上放鬆了不少，但一雙眼睛仍盯著剛剛搖牠的黑色種族不放。「重柳族是混血的時族分支，血脈比較純粹的族人還是會有魂鷹引靈，融合較多異族血的族人則會和普通種族一樣進入安息處。」

我摸了摸手上的珠子，這麼說重柳應該是比較純粹的時間種族，當時我聽到魂鷹這個詞就是他族人在說魂鷹找不到他。

「這東西怎麼在這？」我重新打量白鷹，時間已經過這麼久，該不會他的族人還在找吧？

血靈說：「看捕捉的禁制術法是近期才成形，應該是重柳族這一、兩個月內有人在外面消逝，魂鷹上有新打的印記。」

「……被帶回去的魂靈之後會怎麼處理？」既然不是走常規路線，我就浮出了不解，我所知的特殊種族如精靈，會回歸主神等待再生時間到來，鬼族是散化天地，那時族回收之後會怎樣呢？

可能被問到了知識盲區，血靈認真思考一會兒，開口：「我也不清楚，時族處理死亡的方式並不爲外界所知，但我們能入侵重柳族，抓住負責亡靈的主祭逼他詳解。」

「等等，先不要。」雖然我真的很想知道，但入侵逼供有點太超過，讓我脖子一涼，有感腦袋隨時會飛出去。有機會問問黑王或深好了，這辦法肯定比闖宮溫和多了。

「別管那東西，大爺發現好玩的。」西瑞無視我們在討論的可怕話題，逕自走到房間盡頭，那邊有扇正式且尺寸大很多的門扉，已經被他打開了一條縫。

此時我才注意到這個房間也是使用山裡岩石材質打造的，完全感受不出力量與生機，門一打開，反而從裡面飄來許多黑暗和白色種族的氣息，顯然這兩種存在數量都不少。

哈維恩和血靈悄然消失在黑暗裡。

萊恩朝我豎起手指，拉著我的手臂，無聲地走在西瑞後面，慢慢朝門後移動。

門後空間非常寬廣，大到根本看不見另一頭，目測很可能他們把整個山體內部都鑿開了，近乎百層樓高的上空有著凹凹凸凸的黑色岩石體，不時還有一些怪異的蛇或長蟒穿梭而過，眼下只能從隔出來的走道和廣闊不見邊際的天花頂猜測這裡分有很多區域，能見處堆疊著各式各樣的籠子或是巨大隔架、玻璃櫥，每個都裝有不同的魔獸、幻獸、精怪……大多都是我沒看過的，根本就是超大型的生物博物館。

所見到的生物體積還算一致，可能每條走道有依照規定大小揀選過，我們所在走道的生物都是狼般大小的體積，每個都病懨懨地趴在籠子裡，用一雙沒精神的眼睛盯著我們這些外來者，關押牠們的牢籠顯然有某種遮蔽術法，嚎叫聲完全沒傳出來，令走道保持著詭譎的幽靜。

西瑞在這裡又放倒兩個巡邏兵和兩條蛇，也是青幽族的女性。

走了一小段後我覺得不太對，剛開始看見的被關的生物還算正常，但陸續出現一些有怪異長相和氣息的混在其中，感覺與在城裡見過的那種魔物很像，有的混有人形種族的氣味，有的則是其他妖獸，甚至還有一半魔獸、一半某種妖精的古怪味道。

雖然不知道是怎麼回事，但察覺後我下意識感到有點毛骨悚然。

萊恩把鳥籠交給我，雖然他是傷患，但完全不聽我的制止，握著長刀警戒周圍，後來也搥倒兩個隱藏在暗處、想要去開警報器的青幽族。

白鷹大概發覺我們不會把牠烤來吃，以及成千上百的生物透露出的不對勁，所以一路上很配合，唧都沒唧一聲。

前方道路逐漸展開，接連出現好幾個像是實驗室一樣的地方，幸好裡面幾乎沒人，但可以看見裡頭有些實驗魔獸躺在平台上沒有動靜，彷彿原本在這裡的人臨時有事一起離開，所以這些實驗品都沒有收拾。

甚至有些半開的實驗室還傳來混合魔獸的詭異氣息。

所以不單純只是收集？

我停在一處實驗室的玻璃牆前，有點複雜地看著裡面躺平的犬形魔獸，那玩意身上有某種妖精的青草氣味，有夠怪。

「垃圾東西！」

魔龍的聲音突然飆上來，語氣不善。

「什麼意思？」抱著鳥籠，我低聲詢問。

「這裡的人把抓到的傢伙拿來做魔物改造，你進去搜搜有沒有屍體。」魔龍嘖了兩句，顯然對於實驗室裡的東西極度不爽。

西瑞和萊恩看見我不動了就走過來，我小聲地說了魔龍的話，西瑞直接嘖了聲：「大爺有聽過類似的事情，進去看看。」

雖然沒看見哈維恩，不過他應該會注意外頭狀況，我們三個確認過實驗室裡沒有威脅後便小心鑽進去，那頭犬形魔物昏得很死，除了身體還微微起伏證明活著以外，就沒其他動靜。

實驗室並不大，扣掉那些亂七八糟的儀器，萊恩很快先找到側邊有個隱形的壁面開口，有點像是處理廢棄品那種垃圾通道，不過裡面的東西還沒被處理，他把塞在裡頭的一大包黑色袋子拖出來打開，馬上傳出怪異的氣味。

我湊過去一看，差點口部爆漿。

大袋子裡裝的是各式各樣人形軀幹，屍體被處理過，幾乎沒什麼味道也沒有血液，整個灰白到像石膏一樣詭異恐怖，有的屍塊上還接著不明魔物的某部分，我才看一眼，全身寒毛都快炸得像蒲公英飛走，隨後意識到一些屍塊上附著的殘留力量感就是犬形魔物身上那怪異的氣息，我連忙轉頭蹲到角落掏出個袋子吐了。

西瑞接過屍袋，「兩個，都女的，一大一小應該是母女。」他伸手在裡面掏了掏，弄出兩顆女性腦袋，面目相似，臉上遺留的恐懼也很相似。接著他從裡頭拉出一團物品，是幾件零零碎碎的小飾品。

萊恩擰起眉，仔細端詳搜出來的物件，挑出一串微帶橘色的手珠。「這是那座城特有的飾品，我在街上看到的女性很多都有佩戴。」

這瞬間，我猛然想到當時吵架情侶中的那名女生曾說，被蠱惑的男人回來後，有的會帶走家人或愛人，之後失去下落。「這個……」抬頭與萊恩對上視線，我覺得我們想到同樣的事。

把屍塊推回牆裡，我們又快速翻找了幾間實驗室，同樣搜出女性的屍塊，陸續也有出現老化的男性屍體，幾乎可以確定被那些遭到蠱惑的男人們帶走的人，十之八九都到了這邊，然後被拿來進行魔獸實驗。

然而外面囚禁的並不只有魔物，還有許多不同的精怪幻獸，加上一包包的屍塊裡有部分銜接了魔獸或某種獸類的軀體，完全不敢想像到底改造了多少這種東西，且其他改造完成的又在哪裡。

難怪隔壁領主謊報委託任務，這地方一旦被發現……

我深深吸了口氣，雖然經常說白色種族很多都不是好東西，但黑色種族確實也不遑多讓，垃圾無國界，黑的白的都一樣。

這地方眞該原地爆炸。

在實驗室找到一堆屍體的時候，我們還是沒有遇到其他實驗人員。

正想開口去找看看，我頓了一下，猛地有種很不好的感覺，往前的方向出現濃濃的血腥氣味，還有種難以形容……好像有個什麼漩渦，捲繞著詭異的氣息。不是那種數十數百，而是成千上萬的蓬勃混雜力量。

那是什麼？

「哈維恩，保護好萊恩。」反射性感到極度不祥，我直接開口喊了隱藏在黑暗中的夜妖精，自己則是讓老頭公再分出一份保護圈在萊恩身上。

萊恩也沒反對，接過鳥籠略微落後我一步，與哈維恩並行。

走出實驗區後我們煞住腳步，連西瑞都停止動作，從這邊開始的地面上，出現了暗紅色的線條紋路，而且散著血光，是正在發動的模式。

我們選了一個比較高的壁面爬到最高處，終於看清楚了這些線條。

這條通道的盡頭是個超大的中心廣場，而廣場周圍還有近百條類似這樣的走道與作爲間隔的高聳牆壁，以廣場中央爲巨型陣法的核心點，向外延伸大大小小細密複雜的紋路，滲透般接入各條通道，我們剛剛差點踩到的就是其中一個很小的區塊部分，大小連千分之一都不到。

廣場上有著如蟻群般密密麻麻的人，能看見外圍一大圈是散著黑暗的青幽族人，裡面混雜不少穿著實驗室服裝的人，他們腳下各有個輔助的圓圈花紋；再往內是更多人……幾乎全是男人，穿著打扮不一，但每個人臉上都帶著幾乎一樣、如痴如醉的笑容，往陣法核心膜拜，好像在看他們最珍愛的寶物，虔誠地捧出愛戀與信仰。

這些男人腳下都有著危險的血光，正不斷抽取他們的血氣和力量，他們卻絲毫感受不到。

周圍還有不少被關在籠裡的魔獸幻獸精怪，同樣被巨型陣法貪婪地吸取生命力。

我把視線移到陣法中心，也就是感覺到的那個詭異漩渦——一顆拳頭大小的黑色球體飄浮在空中，肆無忌憚地汲取由邪惡陣法傳遞而來的大量生命力。

那東西給我的感覺真的很不好。

「什麼鬼屁東西。」西瑞蹲在一邊，從剛剛搜索實驗室開始就一直很不爽。他可能沒想到他的挖寶庫之旅裡面竟然是這種東西，這玩意感覺比我還邪惡，可能掏出去會馬上被白色種族當成核彈剿殺。

等等，該不會公會的真正目標就是這玩意吧？

當時城裡確實有好幾個戰鬥黑袍，但我感覺青幽族的實力不強，光我們幾個都可以打著玩，似乎沒有必要那麼大陣仗，不過如果是實驗室再加上這東西就很有可能，然而這東西藏在有天然隱蔽礦脈的山裡，公會貌似還沒定位到，難不成是被西瑞的刺殺任務驚動了領主家，為了拯救城內的人於是提早曝光？

我很認眞思考，我們八成帶賽給公會了。

下面的陣法結束得很快，至少比我想像的快很多，不管是人還是魔獸都沒有被吸乾，反而留著半條命，陣法慢慢靜止，青幽族把那些人和獸分別帶回。按照我們知道的城內狀況判斷，看來這個地方居然還是永續經營的，沒有一口氣耗掉生命，而是分段慢慢抽，給他們留著一條命，有的還讓他們回去再帶人過來，男性繼續吸，女性拿去做實驗。

不過爲什麼只吸男性？該不會那些精怪幻獸也都是公的吧？

下方人們慢慢散去後，血靈突然出現在我們旁側，遞來一份很像研究報告的東西。「這是從一個看似主要研究室裡取出來的，另外我也找到所謂『黑色獨角獸』的位置。」

我們打開報告，一入眼就是幾個字：生命之石復育計畫。

莫名眼熟。

因爲上面的字跡很雜亂，又有大量不同文字參雜，於是交給哈維恩快速看過，夜妖精花了幾分鐘翻看後臉色有點嚴肅，把大意翻譯給我們：「青幽族手上有千年前祖傳的一顆祕傳石，他們族內流傳著完成祕傳石便可以擁有超越其他種族的治癒力和生命的說法，所以一直改良族人的力量去引誘外族，把生命能量奉獻給這顆石頭。不過至今沒有完成，實驗室在進行的研究就是把魔獸類的生命能量提煉得更精純，方便祕傳石吸收。」

「伏水神廟！」

米納斯猛地傳來一聲，我赫然想起我們與黑王再次進入伏水神廟那時，確實就有聽過生命之石，但是那個已經被伏水族廢掉了。

是類似的東西嗎？

「弱雞，這東西要帶走。」魔龍也開口了，急切地說：「本尊用得上，可以提前恢復本尊一部分軀體。」

「這東西不能留著。」萊恩不知道我們的腦袋聊天室，說道：「有辦法破壞嗎？」

他問的是血靈，後者搖頭：「按照這記錄來看，至少已經吸收了近千年的生命能量，銷毀有很大機率會把附近夷為平地。」

「移走呢？」我發問。

「需要特殊的容器。」哈維恩翻到研究報告後段，指著上面一個很不起眼的小圖。「青幽族有用來移動的物品，所以轉移過許多次吸取的區域，並不困難。」那個圖案是很普通的盒子，四四方方的，一點花紋也沒。

「米納斯。」我取出幻武，小飛碟在周邊散出，往壁面開槍後水花立刻分解為大量水霧朝四周擴出，小飛碟也跟著消失。

同一時間，對面的實驗區傳來聲響，好像起了騷動。

沒多久，我們就看見凡妮莎和那個中年人很狼狽地走出來，他們帶來的隊伍都沒了，青玉蛇身上覆滿血跡，原本漂亮的身體坑坑疤疤的，還不少見骨的扭曲傷口，中年人手上掐著個巡邏員的脖子，隨手把他扔開。

凡妮莎看著那顆黑色石頭，眼裡充滿狂熱，「這就是我們青幽族的傳承石，只要有這個……小青！去拿回來！」

青玉蛇應聲衝出，一口咬下那顆黑石。

然後牠就停止動作了。

偌大的蟒蛇開始抖動，不到幾秒緩緩癟去，像漏氣的氣球般眨眼只剩下層皮，最後化散開，崩碎成細沙、落在地上。

黑石緩慢地飄回它原本的位置。

少女發出恐懼的尖叫聲，連滾帶爬地衝到那灘沙上，但怎麼抓都找不回她的蟒蛇。

與此同時，另端通道也發出類似爆炸的聲音，好像有巨大的東西撞入這個空間裡，捲開一層沙土雲，包裹住那一帶。

看來這個山裡寶庫其實有很多出入口，我們只是找到其中一條安全的路徑而已。

我抬起手，米納斯的水花自四面八方捲回，飛舞的水流裡漂浮著與研究報告上一樣的小盒子，小飛碟也回來了，其中一架上面居然頂著同樣的盒子。

這盒子似乎並不只有一個，想想也是，經歷過上千年的遷移，應該多少會製作備品。

「大爺去拿。」西瑞伸出手。

「不，那是黑色力量，我們兩個去。」哈維恩拿過盒子，將其中一個拋給血靈，然後朝西瑞說：「你去對付最大的那個。」

爆開的沙土雲裡衝出一條巨蟒，不是正常大小，個頭簡直像是一條龍，而且身體更加玉色青燦，腦袋上頂著一小支犄角，眼睛是猩紅色的，瞬間逼至黑石前方。

「行！大爺等很久了！」西瑞也憋很久了，一看見有這麼大的東西跑出來，直接撲上去，握拳的獸爪當場把蟒蛇腦袋打偏。

夜妖精和血靈幾乎眨眼到達黑石前方，哈維恩打開盒子將黑石收進裡面，速度很快地按上盒蓋封死，另邊的西穆德看他沒被吸乾就把另個盒子收起來，兩人一前一後回到我們這邊，夜妖精才剛一站定突然吐出口血，摀著胸口，明顯是在巨型陣法裡受創。

「快離開這裡，公會的人來了，趁他們還沒發現。」萊恩撐起哈維恩，把盒子交到血靈手上，轉頭對西瑞一喊：「走了！」

「嘎！本大爺還沒有玩夠！」西瑞把巨蟒按進地面，很不滿地嚷嚷，不過還是快速跟上我們。他才剛離開原地，好幾個袍級就出現在那個位置，同時打開剛剛城鎮裡的那種綠色大陣。

「走這裡。」血靈在前方帶路，被攙扶的哈維恩迅速丟出好幾個陣法和符紙設置數個攔截，讓公會的人和擴展出來的搜索術法沒那麼快發現我們。

拉開好一段距離後才發現周圍動物的大小變了，我聽到血靈說了句：「這邊。」跟著抬頭一看，竟然看見一匹在籠內安靜趴著的黑色獨角獸。

他帶我們一路撤退還沒忘記朝獨角獸的方向跑。

……不對，雖說是黑色，但仔細一看是很深藍、深藍到近黑色的獨角獸。

而且這獨角獸有點小，力量感也不強，看起來像是年輕的小獨角獸，應該和孤島沒太大的關係。

「與式青他們無關。」哈維恩搖頭，說出同樣的判斷，隨即又吐了一次血。

「閃人了。」西瑞取出一枚黑水晶，要往地上砸時被血靈攔住。

「會被公會循線查到羅耶伊亞家族。」西穆德說著取出另枚血色水晶，落地時張開傳送陣，周邊景物立即扭曲，這時已有道公會袍級的模糊身影快速逼近我們。

然而在他到來之前，我們已離開了這座山脈。

第七話　隱藏於後的人

哈維恩的狀況很不好。

一到達傳送點，我還來不及看周圍情況，萊恩就匆匆忙忙把哈維恩放下來，閃身讓血靈治療夜妖精。

「小傢伙被咒陣反彈。」血靈按著人徐徐輸入治癒術法時，輕聲解釋：「應該由我來，那個古代大陣有一定的殺傷力，他還太年輕，不足以抵抗。」

當時我也看得很清楚，的確是哈維恩搶前收下石頭。

爲什麼夜妖精會有這種近乎衝動地想要表現的動作，我覺得原因還是出在我身上，所以有點汗顏。

血靈選的這個傳送點位置很偏僻，居然是個斷崖下的石窟，旁邊已經放置了有點時間的柴火和小物品，可能是他們血靈自己專用的落腳處，這種地方只要沒人想找失傳祕笈從上面跳崖下來，根本很難發現，外面連個可以緩衝的落腳點都沒有。

萊恩手腳俐落地生起篝火，暖意逐漸驅散濕冷，也讓大家從極度緊繃的狀態中慢慢緩解。

西瑞盯著火焰，大刺刺地坐著，露出若有所思的表情。

「怎麼了？」我把白鷹連同籠子放到旁邊，牠身上的各種綑綁術法太多，我不敢輕易拆炸彈，要是把白鷹拆爆了，重柳族又多個理由可以把我碎屍萬段。

「大爺覺得有點怪，好像被設計了。」西瑞盯著正在治療中的哈維恩兩人，視線移到血靈放在一邊裝核彈的盒子上。「大爺接任務時，這任務其實是分類在一般新手幹的。」

「嗯？」不太清楚殺手家族怎麼接任務。

「太簡單了，大爺看它掛了快半個月沒人去拿，前幾天順手領走，後來從醫療班離開時想說四處逛逛走走，這任務沒有殺傷力就可以逛一下。」西瑞和萊恩對看一眼，說道：「大爺家的情報員不可能沒發現公會埋伏，這任務的分類不應該放在新手區。」

的確，乍看之下好像很簡單，可是刺殺之後引發的連鎖反應太大，更別說我們還拿走一顆核彈級的物品，如果換成比較弱的殺手，最多可能是注意到心臟有問題時就被伏擊給埋了，不會引發後面一連串奇怪的展開。

這是不想被察覺任務有問題，或是誰想把這個任務放到可以察覺有問題的人手上？

「你家是不是被滲透了？」我盯著西瑞，發出疑問。

「大爺家隨時隨地都在007。」西瑞很自豪地開口：「看到不對的可以就地處決，不用等到秋後。」

……都忘記他家是什麼性質的家庭了。

「這東西可以給我嗎？」我看向萊恩，指指搶出來的盒子，把魔龍的需求解釋一下。除了血靈之外，在場的人其實都知道魔龍的來源和他的原身，我想魔龍應該是要把這顆核彈拿去補他的骨灰，好早日復活。但是萊恩在這，他畢竟是公會的人，公會已經出手，他可能有那方面的顧慮。

萊恩點點頭，開口：「我正在休假，公會任務和我無關，我不會說出去。」

「大爺無所謂，你隨意。」西瑞對這東西沒有生出興趣。

我鬆了口氣，召出小飛碟，把盒子塞進從中打開的飛碟裡，雖然小飛碟不大，但還是把整個盒子給吞進去了。

接著我就聽見萊恩又補了一句：「而且看公會找不到還滿好玩的。」

「……？」我這同學是打開了什麼開關嗎？

哈維恩治療到一個程度後就讓血靈先停下來，很堅持先處理我們需要的藥物，替我和萊恩煮好藥茶，又把一些半熟食材交給萊恩處理，才安心地繼續療傷。我們也趁這時間換掉女裝，穿回熟悉的衣服時眞讓我鬆了口氣。

不過，爲什麼血靈會叫哈維恩小傢伙？

他們兩個外表年紀看起來差不多，這名血靈比較寡言，而且非必要時也不會主動上前，反而都跟著哈維恩一起行動，所以我下意識以爲是平輩。

等到哈維恩治療好被放到旁邊休息後，我才小聲地詢問正要回到暗處的血靈這個問題。

意外的是先開口的是西瑞，咬著肉的獸王族揮揮手，「不對不對，大爺第一次遇到西穆德時他還是個老頭。」

「？」我一臉空白。

西穆德走到我們旁邊蹲下身，解開護腕拉開袖子，我才看見他上臂的肌肉整個有點乾縮，看上去不像年輕人的皮膚。他恭敬地說：「按照人類的算法，我約有一千多歲，曾親眼見過不少戰爭，血靈只要吸收戰場上的血與恨，就能不斷恢復至全盛時期，樣貌也是。我剛剛將一部分生命力轉給夜妖精兄弟，所以身軀才會乾枯。」

「大爺之前帶他去幾次戰場刺殺他才變年輕的。」西瑞補上一句：「不過他的族人還是都老老的。」

「近期我們優先讓外出收集血氣的幾人吸收，我正好是其中一名。」西穆德放下袖子，整理好衣著。

「原來如此。」等等，這樣算起來，他不就是三王子那一代的人？「你知道精靈聯合軍對鬼族戰爭？」該不會他參與過？還是他就是從那裡出生的？

「嗯，我是在那個時候出生，或許身上還有精靈們的鮮血與遺憾。」西穆德有問有答地說：「但當時並沒有太多族人加入，妖師只帶走一支十人小隊伍，其餘人被禁止參戰。我出生後很快便被潛伏的族人帶走，當年參戰的人都死了，如果你想知道更確切的內情，可以詢問看看當時前去觀望戰場的族人們。」

某方面來說，血靈這個黑色種族也是長壽得很厲害，不過這麼長壽又長年沒吃飽……我摸摸良心，覺得有點痛。

但按照他的說法，千年前的戰爭中凡斯手邊有少數血靈助陣，不知道精靈軍打得那麼慘和這些是不是也有關係，全盛時期的血靈異常強悍，大概兩邊都討不了好吧。

這場千年戰爭轉轉繞繞，又兜回到我身邊來，我某方面算是學長他爸的殺父仇人，現在身邊又多了一名沾有精靈鮮血的血靈，諷刺的是千年後我們平等而坐，沒事還可以聊天互毆告狀扯後腿，都不知道當時的死者們看見會有多少想法了。

命運果然是個靠夭的東西。

「對了，我想你們可能需要這些。」

沒有感受到我的良心及對命運的靠夭，血靈突然想起什麼，拿出一個大袋子往地上一倒，瞬間大量閃亮亮的東西落在地面，直接堆成一座小山，全都是珠寶水晶金子什麼的，還有好幾個被封印起來、顯然是貴重物品的盒子。「你們似乎本來想黑吃黑挖寶，所以在搜尋有無可用的東西時，我翻找了一間寶物室，拿走比較容易攜帶的物件。」

我本來以為他們隱藏在黑暗都跟在我們身邊，沒想到老實跟著的只有哈維恩，血靈根本自己跑去挖寶了啊……也是啦，他都可以拿出那個研究報告了，總不可能是異次元百寶袋吧，但這挖寶效率有夠高、夠實際。

西瑞直接對血靈比了個大拇指，歡天喜地地把金子全挖出來玩。「大爺做好免死金牌之後送你一個。」

「……？謝謝。」血靈大概對免死金牌沒有概念，但基於禮貌還是先道謝。

那堆價值不菲的寶石水晶在地上發亮，我想想便分成了三份，血靈表示他不需要，所以就分給西瑞、萊恩和哈維恩。

「我拿這兩個就好。」萊恩在那堆物品裡挑出兩個飾品，一個是清澈白透的水晶花胸針，一個是粉紅色水晶小花對夾。「莉莉亞和喵喵的伴手禮，她們似乎很喜歡這些。」

「呃……」你怎麼就沒想到你弟的伴手禮？還有千冬歲不需要嗎？

「女人很難搞的，你要多拿幾個。」西瑞把三堆東西又弄亂，從裡面挑出一大堆精美繁複的女性飾品，還有幾顆成色漂亮的寶石。「大爺告訴你，根據經驗，你還可以送信用卡。」

「……？」萊恩一臉莫名，「喵喵和莉莉亞比我有錢，而且我沒有信用卡。」

我盯著西瑞，很想吐槽他哪來的經驗。

「什麼！你想追老婆不是應該要送無限卡刷到爆嗎！」西瑞詫異地看著發出濃濃不解氣息的萊恩。

「我沒有追老婆，喵喵是好朋友。」萊恩可能被那個無限卡搞傻眼了，解釋道：「喵喵說如果有看到這種漂亮的小飾品要帶給莉莉亞，她們喜歡好看的飾品，沒有說過需要無限卡。」

「兄弟，你這樣落伍了，只聽對方的指示送東西沒有更多實際行動的話你很快就會被世界上的其他男人淘汰。」西瑞發出嘖嘖的聲音。

「行動？」萊恩有點不解。

「這樣，本大爺教你。」

西瑞直接把萊恩按到牆上，快狠準地伸手把人給壁咚，還加上台詞：「楚楚可憐的小東西，大爺不會讓你從我眼前離開的。」

萊恩：「……？」

我：「……」他要是真的對莉莉亞說這句，十之八九會被打爆狗頭。

可能看不懂我們年輕人的想法，血靈默默縮回他的黑暗裡，當個沉默帥氣的隱形護衛。

西瑞還在進行他的白爛語教學：「這輩子你的歸宿就是我替你圈起來的地方。」順便另一手也咚上去。

我拿出手機，安靜地幫他們兩個拍了幾張唯美的照片，打算找個時間傳給莉莉亞。

「這是一種挑戰嗎？」萊恩思考了很久，說出結論：「被圈之後沒有立即反抗就輸了。」

「嗄？這是一種浪漫！下次去對你喜歡的女生試試！」西瑞收回手，一臉嫌棄：「大爺只能教你到這裡了，成敗與否就看你有沒有慧根。」

「不不，千萬別試。」我連忙想拯救一下好朋友的生命：「我覺得送禮物比較好，真的。」

「所以說，難怪漾你沒有女朋友！」西瑞指向我。

「……說得好像你有一樣！」我直接把話送回對方。

「大爺天涯一匹狼，多出來的人只會影響本大爺奔跑的速度，不需要。」用手撥了一下璀璨的七色髮絲，西瑞一臉驕傲。

是是是，您慢慢去跑吧。

所以說不要一直看霸總八點檔，你人生都快大誤了！

幸好最後萊恩還是決定送飾品就好了，在我的鼓吹之下多選了幾個，也幫他弟拿了好看的寶石，剩下的就沒有多取。

壁咚什麼的，我想他不會眞的拿去應用……

大概吧。

※

哈維恩一直到隔天清晨才睜開眼睛。

「你再休息一下。」我注意到動靜，轉向起身的夜妖精。正好昨晚我是輪最後一個守夜，順便隨便幫大家弄個早餐，反正就是把剩下的麵包和肉排好放到火旁邊烤，在外面轉了一圈的血靈摘了很多水果回來，看起來也算是不錯了。

夜妖精依然爬起，有點愧疚地說：「抱歉，我太輕視古代大陣，認爲找到陣法破綻處就可以減輕傷害。」

「沒事啦，要不是你們先搶進去，搞不好就被公會攔截了，你做得很好。」我連忙開口，拍拍哈維恩的肩膀，希望他不要繼續鑽牛角尖，不然我覺得會發生更可怕的事，例如我生命無法承受系列之我的夜妖精管家突變成世界之王。「你把藥給我，我自己煮，出發之前你先恢復到最好的狀態。」

遲疑了一下，哈維恩還是把兩人的藥物遞給我，在旁邊講解大小火和時間的分別，之後乖乖地回到位置上閉上眼睛。

這時西瑞和萊恩也醒了，其實在野外他們並沒有睡得很熟，大致上是一有動靜就會清醒，不過萊恩似乎比較疲勞，花了點時間才爬起來。

我坐到萊恩旁邊，把他的藥茶遞給他。「還可以嗎？」

萊恩想想，開口說：「我沒有你們想的那麼虛弱，實際上除了幻武與術法力量還沒恢復，身體的基本素質是正常的。」

「咦？」我愣了下，其實我也注意到萊恩有點問題。

上一個用同樣陣法的是夏碎學長，夏碎學長確實出現了極度虛弱和昏迷的後遺症，更別提他還給千冬歲來那麼一下全身開光，差點魂飛魄散，所以我直覺認爲萊恩也會有同樣的症狀；但這兩天他該跑的跑、該打的打，搥暈的人比我還多，除了看起來有點累，好像眞的沒有那麼虛弱，就一個重傷患來說他的行動力強到怪異。

如果說是因爲大家把生命塞給他……那夏碎學長也有巫神的幫助啊，怎麼會有這種差異？夏碎學長比較黛玉、萊恩比較阿信嗎？

「你該不會是什麼筋肉人的改造後代吧？」我很誠懇地看著萊恩，覺得這身體素質過於強悍，不能用正常人類看待。

「不，你們用了生命陣法後……」萊恩思考了下，大概是在想要怎麼敘述，「我隱約感覺有別人。」

「你外面有人嗎？」我突然就很想接這句。

「不，並沒有。」萊恩面不改色地反駁，「除了你們之外，還有不明存在干預了這件事。」

聽著萊恩的敘述，我突然有點毛骨悚然。

生命陣法結束後，被吸取生命能量的人大多脫力昏迷所以被醫療班各自帶去休息，連輔長和九瀾也休息了好一段時間才和藥師去編寫後續治療方針，萊恩這邊只留下照料他的藍袍。

但是那天深夜，萊恩雖然人昏睡不醒，卻隱隱有種被陌生人靠近的感覺，不是醫療班也不是他認識的任何一人，應該照顧他的藍袍好像沒發現有人入侵，整個病房內毫無聲響，然而他就是知道多了個人，這個「人」還停留了一小段時間。

「提爾也有說過我這幾天會很虛弱，但是醒來的那天下午我突然發現自己身體好很多，不像醫療班所說的需要一段恢復期。」萊恩收張了下寬大的手掌，低聲地說：「上午、中午醫療班都檢查過，當時還很虛弱，一切正常，是在下午西瑞來訪時突然恢復的，連必須花時間修復的靈魂細部裂痕都好了。」

我突然想到那桶炸雞。

那天西瑞果然是帶著炸雞去探病。

他這個人大概和醫院犯沖，探病直接探出毛病，這探病模式根本業障末期。

「你是因爲這樣才逃院的嗎？」我皺起眉，如果萊恩昏迷時感覺到的沒有錯，那麼入侵者有什麼意圖？幫他恢復了身體基本狀況又是出於什麼原因？

萊恩感到有問題才逃出醫療班的嗎？

「不，我只是單純想出來走走。」萊恩淡淡地笑了笑，語氣變得有些悠哉：「正好知道西瑞要去執行任務，我就拜託他帶我一起離開，我猜羅耶伊亞家族有自己的辦法可以帶目標物無聲離開。」

所以眞的是無目的逃院嗎？

我有點眼神死地看著彷彿沒什麼欲求的朋友。

也是啦他還眞的只是單純出來玩，發現身體可以跑跳蹦之後跑出去玩什麼的再正常不過了對吧——你可以等你完全好之後再出來玩啊！你是連醫療班一起玩了是吧！醫療班現在磨刀霍霍要把我們全都剝皮了啊！

搗著腦袋，我開始覺得袍級根本都喜歡把逃院拿來當成住院的娛樂和挑戰，徹底世代傳承，不跑過一次不是袍級的概念啊！

「其他人知道有人闖入的事情嗎？」我頭痛地詢問重點。

萊恩搖頭。

「你們悄悄話還沒說完？」西瑞靠過來，順便把手上的水果各塞給我們一顆。

「在講你們兩個遇到的奇怪問題……」我看萊恩沒有隱瞞的打算，所以將醫療班發生的怪事說了一遍，坐在旁邊的哈維恩不知道什麼時候睜開眼睛，凝神在聽。認眞地說，如果不是因爲魔龍發現墮神族的連繫，把我遇到的事情加上去，已經可以算是三件怪事了。

光是在醫療班裡就出了兩件沒被人察覺的怪異來訪，眞的是巧合嗎？

近期詭異的事接二連三，還有多少我們沒有發現的異常在後面？

不，若時間再往前推，甚至孤島也都是被指引而去的，現在仔細想想，確實好像有看不見的推手一直在催化某些事情的發生，就不知道雪野家突然發難造成的連鎖狀況是否也有關係。

「啊，對了，先把牠放走吧。」思考時我突然瞄到那隻白鷹，便拿出來交給哈維恩處理。

哈維恩三兩下就把白鷹身上的封印解除並扔出去，白鷹發出一串鳴叫繞著山洞外轉了圈後快速飛走。

「不知道又哪個重柳族死了。」我盯著白鷹背影，嘆了口氣。雖然眞的很不爽他們，然而沒有重大事故，那麼強的白色種族不會派魂鷹出來找他們遺失的靈魂。

在我們看不見的地方，發生了嚴重的事故嗎？

「回去之後，我查查公會情報。」萊恩理解我的想法，隨即說道：「事實上，四日戰爭之後公會的指定任務增加了很多。」

「指定任務？」我是知道周邊的人都變得很忙，但我本身也到處跑來跑去，並沒有深入了解袍級們具體狀況如何。

「嗯，例如孤島，不是自由接案，而是直接派發具備某些條件與相應程度的袍級，以前這種狀況並不多，但在過去一年間數量持續增加，就連黎沚都出面協助很多次。」萊恩難得話多地解釋：「我認爲數量已經超過安全値，不過我的等級沒法查詢高等任務，可能要從情報班那邊下手。」

「呃……」說到情報班，他才剛拆夥呢。

我拍拍萊恩的肩膀，想想回頭去問問學長他們，應該可以知道更多事情。

「情報的話，問老三不就知道了。」西瑞打斷我們兩人的沉默，用一種「哪有難度」的語氣開口：「那傢伙知道的不少啊。」

重點是，問九瀾先生的話要拿肉體當代價啊！

「總之，我們先出發去鬼楓崖吧。」

辦完事情才能早點回去問嘛。

※

再次轉移後，血靈帶著我們一群人來到一座山的山腰處，到達點是一座小小的涼亭，看起來很不起眼，甚至整座山一眼望去都沒有任何特別的地方，就是那種放久了可能會被無故開條公路、沒有特別需要保護的動植物群的存在，不過可以感覺到往上的位置隱藏著看似普通實則力量強悍的結界。

終於不鑽暗處的血靈站出來帶領大家走山路通過結界。

約莫兩分鐘後，我們穿越了一層層有點古老的封鎖結界，眼前景色變得截然不同，原先幽綠的色澤被鮮艷瑰麗取代，一片片似乎鍍過血的楓葉在樹上隨風搖曳。不是那種夕陽照下彷彿會燒起來般的火色，而是真的像血、更為深沉的色彩，風一吹過，如同走在流動的血河裡，隱約可以嗅到一種奇異的淡淡甜味。

「外圍的建築物已經沒人居住了，現存族人大多聚集在山頂處。」西穆德邊走邊開口介紹兩旁風景：「這是變種的鬼楓，因吸收了過多亡魂與屍骸，受到數不盡的死亡詛咒，於是更進一步異變成擁有自我意識的魔植，早先會自由奔跑與剿滅任何接近的事物，後來我們的族人鎮壓了這片魔樹林，反吸收掉它們身上的大量血氣和怨恨，將鬼楓封印起來讓它們進入沉睡並淨化環境，所以現今沒有負面影響殘留，請不用擔心。」

……沉睡嗎。

看著鮮血淋漓的鬼楓樹林，我努力克制自己的腦袋，不要去想這些會奔跑的東西突然睡醒會發生什麼事。

走過一片有著濃稠血色的楓林，遠遠看見一大圈錯落在林子裡的石製建築，不過大部分沒有人煙且破敗傾圮，甚至還長滿雜草植物，有些周圍則散落著老舊的兵刃器械，看起來經歷過幾次襲擊。

「應該與沉默森林一樣，總有些人會來剷除『邪惡種族』。」看我的視線在那些遺跡上，哈維恩跟著往散落的物品看了幾眼。

「是的，我們曾擊退許多次白色種族的攻擊，直到近期都還有些循著古地圖找來的冒險者想辦法入侵，所以外圍處交戰的次數相當多。」血靈點頭認同哈維恩的猜測，「不過就與沉默森林一樣，主動入侵者我們可以全權處理，不到會被白色種族群起攻伐的程度，屍體便交易給一些需要的人，因此才會認識九瀾先生。」

……雖然之前就知道了，不過因爲冒險者屍體而建立起的友情還眞可怕。

走入核心住區的一路上可以隱隱感覺到附近有人跟著，但並沒有露面也沒有敵意，就是沉默地跟著我們走至血靈居住地的入口處才消失。

這裡的血樹明顯減少許多，周圍植物看上去是普通的綠植，居住地一眼望去同樣很平常，就與我們在外圍看到的差不多，是那種石製建築，有點小村莊的感覺，聚落相當小且安靜，約莫二、三十戶，再往後有兩、三座比較大一點的高聳石塔。

如果不說是血靈的住處，看起來就和一般人類的鄉野住所差不多，沒有什麼奇特的氛圍，這地方彷彿被歷史遺忘，千百年來毫無改變，連進步都看不見。

他們就隱居在這裡被世界忘卻，然後腐朽。

夜妖精雖然也隱居，不過就我所知他們還是會和同族互相聯繫，偶爾會交易、與外界往來互動，但血靈這邊基本上像是和世界完全切割，沒有多少人氣。

「諸位歡迎。」沙啞低沉的聲音從入口附近的樹木後傳來，不顯眼的身影晃出，血靈們的打扮差不多相同，一身黑斗篷遮去所有，只能從低啞沉重的嗓音判斷對方的年紀很大。在我們看著他時他也看著我們，最後視線停留在我身上。「我們的族長正在百年沉眠，很抱歉無法前來迎接。」

「佩克勒羅歐爾。」西瑞喊了對方的名字，不過後面還有一串滿長的，和西穆德原本快被我打馬賽克的長名有點像，然後介紹：「鬼楓崖的副族長，這邊的是本大爺的僕人、僕人的僕人，以及公會白袍。」

我們依序自介了名字，西穆德才對副族長開口：「這位是現今繼承妖師力量的另外一人，四日戰爭便是因他而起，他也已經將血靈的事情轉告妖師族長。」

副族長點點頭，禮貌性說了些感激的話，大致上與西穆德當初對我說的差不多，也是說血靈力量不足，不好意思驚擾妖師一族的安寧，不過如果我們有需要，血靈隨時恭候調遣。「現存的血靈僅有二十餘人，很抱歉數量並不多。」

「不不不，你們辛苦了。」我知道血靈和其他種族出生的方式不太一樣，也很久沒有子孫傳承，說眞的，二十幾個人還算多了，連出門找食物的都是西穆德這種很有資歷的人，就知道他們因爲徹底封閉造成的斷代有多嚴重。

不過族長的百年沉眠又是怎麼回事？

一邊邀請我們跟著他繼續往某座比較大的石建築走，副族長一邊慢吞吞地說道：「血靈因爲力量供應不足，許多族人已在生命用盡後回歸世界，爲了延續時間，我們輪流進入沉眠；沉眠近似死亡狀態，會停止身體所有機能，以一至三百年爲週期，例如西穆德數年前剛結束百年沉眠。」

「我的沉睡週期是兩百年。」西穆德開口：「族長則是三百年，他是最強的血靈，必須儘可能保留，但如果出現重大事故還是能喚醒沉睡的族人全力一搏。」

所以這二十幾個人還要扣除大半正在冬眠的數量……那眞的不多了，他們可以守住某些白目的冒險者或白色種族進攻眞不簡單，看來血靈的眞正實力不容小覷。

副族長又說了一些血靈現在的狀況，其實血靈這邊的生活相當單純，環境也與世無爭，不像沉默森林被水火妖魔惡搞過，他們平常除了維持自己的武力以外，居然幾乎沒有特別愛好，大多數都是在冥思，有時候可以保持不動整個月，他們近期最大的動作就是去勘查妖師出現的地方，還有在西瑞的戰場交易上貯存糧食。

我再次良心痛。

耿直思考要人命。

這些腦袋一根筋的黑色種族爲什麼不考慮學學白色種族的奸詐狡猾，至少保證自己的飯碗啊！

胃痛。

你們是黑色版的斷糧修仙大師嗎？

西穆德盯著我，突然說：「你不須覺得愧疚，血靈的生成與一般種族不同，我們是完全由戰場鮮血誕生的種族，沒有所謂的血脈親人和家庭需求，沒有過多的喜好與情感，不具備正常生物會有的各式痛苦感受，一直都是隨著妖師指示而動，存在的目的即是殺戮，如果是和平年代，就此凋零也是順應歷史。」他想想，用另外一種方式說：「如果放置在你所知的人類社會裡，你可以視我們爲一種機器人，只爲了完成目標才存在，這樣應該比較容易理解。」

這麼一說我更覺得不行了。

明明有血有肉還可以獨立思考，他們居然把自己定位在沒感情的機器人。

我深深看了哈維恩一眼，雖然突變的方向很扭曲，但是夜妖精愛恨喜好都很分明，血靈卻給我悲涼感。

不要把自己視爲理所當然的工具人啊！

好想給他們下達一個出去談戀愛或花天酒地的體驗人生任務。

說是這麼說，但是血靈大概短期內也沒辦法理解我的想法吧，他們抱持這種心態數千年，看樣子並不容易矯正。

「如果想與妖師一族重新往來，我的主人基本要求是以保護自己性命爲優先。」站在一邊的哈維恩大概是看出我內心糾結，不輕不重地向血靈們說道：「即使是最險惡的環境，也要先思考把命留下來。」

兩名血靈對看了一眼，可能認爲這個指令有點奇怪，不過副族長還是點頭：「我們會把需求傳達給全部族人。」

短暫的閒聊停止，我們也到達了石建築前。

「這是我們招待貴客用的大屋，雖然已經許久無人使用，不過清理得很乾淨。」副族長領著我們看向石板大門，兩扇緊閉的門上有著相同的血色紋路，像是彎曲的樹。

我下意識沿著石板繼續向上抬頭，在這瞬間瞄到了側邊屋頂上似乎有一抹白色影子，但在我注意到的同時那影子猛地消失，快到我都覺得是自己眼花看錯，畢竟戰力強大的血靈們一點都沒有反應，很可能只是光影錯覺。

這時，石板大門也敞開了。

從裡面透出了一陣古樸幽遠的淡淡氣息，近似很淡的檀香，還有些許舒服的茶香。

「各位請進吧。」

我們依序進入石建築，走在前方的副族長領著我們走過前廳，見多了各種超大空間後，我已不會特別被過大的空間感驚嚇了，這裡的牆面全都是偏灰白的石材，上頭有各種敘事雕刻，看來即使是專職鬥毆的血靈，閒暇時還是會做點手工藝。

詢問之下才知道西瑞和九瀾來訪時不住在這裡，而是在另一處獨立房舍，這間大屋說白一點就是準備給妖師或是相等地位的黑色種族專用，由此可知招待我的規格眞的很高，害我有點快要自我感覺良好到膨脹了。

「這裡有些是其他黑色種族的刻繪，不全然是血靈。」副族長見我們盯著壁畫，解釋道：「不少訪客會帶來外界的歷史，我們用來裝飾空白處，如果你們喜歡，裡面還有許多可以慢慢看。」

我正凝神看著一幅有點眼熟的圖案時，哈維恩突然拽了我一下，指向西側牆上一塊更讓人眼熟的圖。

那是兩名羽族，與我曾在門板上看過的異常相似，旁邊竟然還有細小的文字，描述了羽族身分。

「這是阿蘭斯的資料嗎？」我想起當時羽族的英雄傳說，沒想到竟然會在血靈這種完全不相干的地方看見。「還有其他的嗎？你們有更多相關記錄或存在證據嗎？」

「無，阿蘭斯戰役是歷史斷層，沒留下確切證據，不過在那個年代卻是個口傳事實。」副族長停頓了幾秒，繼續說：「這也是我從幾位逝去的長老口裡聽來。遠古戰爭有許多口傳事實，對當時的人們來說很普遍，放在後代來說卻是沒法證明的傳說。六界、異界戰爭多得是以身殉世的存在，阿蘭斯是其一，你們所知的燄之谷狼神戰士眾也是其一，爲了封鎖通道、爲了消弭邪惡入侵……少則一人，多則全族、數族，成千上萬犧牲投入，卻沒有留下痕跡，這在後世被稱爲『歷史斷層』，在當世卻是讓人嘆息的各地口傳情報。」

「血靈所記知的也有限，我們並不是記錄歷史的種族，大多是已逝族人們赴往戰場或在外遊走時獲得的情報。」西穆德補充：「所以歷史斷層其實更多，白色種族的資訊偏少。」

「嗯，看記錄，這應該是數千年前某位貴客無意間帶來的石板，血靈族裡也僅有這塊，我的記憶裡沒有其餘阿蘭斯聖者相關的訊息了。」副族長一副淡淡的語氣，表示他並不對此感到遺憾，血靈們不在意白色種族的事蹟。這塊石板會鑲在這裡很可能是因爲帶來的黑暗貴客身分的關係，又或者是被指定放在此處而已。

讓哈維恩把相關歷史拓印一份方便日後交給式青，我思考了一會兒，決定問問其他關鍵詞。「有伏水神廟的石板嗎？」那顆從青幽族拿出來的黑色版本生命之石讓我很介意。既然這裡曾有其他黑暗貴客帶來歷史石板，或許我可以賭看看與千眾有關的石板可能會出現在這裡？

副族長這時候沉默下來，連西穆德都用古怪的神情盯著我。

哈維恩站出來，把伏水神廟裡有生命之石的事情解釋了幾句，這件事其實很隱密，我沒有對外聲張，當然黑王他們也沒有，當時拓下來的文字雖然已破譯了不少，不過很多都只是可查詢的古代歷史與不怎麼重要的治療方式和藥方。

「原來如此。」副族長點點頭，「可惜的是這裡並沒有。」

果然沒這麼順利嗎？

我有點失望，還以爲最近運氣好了點，至少可以大樂透四獎。

「不過我知道哪裡有，稍後讓西穆德帶你們去。」

喔吼，四獎來了！

第八話　擄人勒贖

副族長把座標交給西穆德時，疑似幻武的東西被送進來。

鬼楓崖帶來的物品與其說疑似幻武石，不如直接說是一顆骷髏腦袋。

——真的就是顆骸骨化的腦袋。

看上去是人形模樣的頭骨，牙齒五官的孔洞位置也都挺正常，沒有明顯種族特徵，骷髏頭清理得很乾淨，後腦處則有個大洞，可以從洞裡看見有團血色土塊鑲在腦袋裡，土塊發出怪異的力量感，這種感覺我曾在九瀾的幻武兵器上感受過。

極度相似，但不是同一把。

難怪血靈們會覺得是幻武。

萊恩捧著骷髏看了好一會兒，神情非常專注，甚至用手指敲敲那坨土塊，很快我們就知道爲什麼血靈們沒有把土塊弄出來——弄不出來，嬰兒拳頭大小的東西黏死在裡頭，生根一樣巴著不放，用力想挖出來就聽到隱約破碎的聲響，好像在警告想把它取出來的人：用暴力就同歸於盡。

「……是幻武石沒錯，但是我現在力量沒有恢復，無法進行更多溝通。」萊恩抱著骷髏，有點捨不得放下來的意思。「他並不想離開這個地方，不過沒有敵意。」

「嗯？」副族長有點意外，回道：「我們要取出來時，感覺到強烈的惡意。」

「老三要拔時也說這東西很不友善。」西瑞補上一句：「對你一見鍾情嗎？人鬼殊途啊兄弟，你跟它說頭七可以多燒點，但談戀愛不可以，你還有妻小父母，頂多幫它擊鼓申冤。」

萊恩空白了兩秒，可能西瑞的垃圾話讓他當機，過幾秒反應過來才搖頭：「沒有，他只是希望待在骨頭裡面，進一步溝通必須等我力量恢復。」

「這顆幻武沒有沉睡嗎？」我好奇地發問。記得幻武石好像滿多都是在沉眠狀態下被喚醒，但是被其他人一說，可以知道黏在裡面的幻武很清醒。

「嗯，醒著。」萊恩又摸了摸土塊，露出遺憾的神色，一看就知道他很想現在進行與幻武的溝通，然而沒辦法。

我手賤地伸過去摸一把。

接觸到土塊瞬間，一股強烈惡意直接傳來，要翻譯的話大概就是：幹！再摸就咬斷你的手！

果然很不友善。

重新體悟到萊恩的幻武親和力眞不是蓋的，這樣都不會被咬。

「他對幻武的態度與心思很純粹。」米納斯的聲音在我腦袋裡淡淡傳來：「敬重並平等，每個幻武在他眼裡都是尊重的夥伴、朋友，甚至與他個人生命相等，這類的精神對兵器來說很舒服。」

我想起之前我把米納斯掏出來補力量時，萊恩那個一言難盡的神情，他當時應該眞的是很想打我。

等等，我也很尊重我的幻武們啊，都被電假的！怎麼就沒有大堆的幻武來陪我？

「……」米納斯竟然浮現出幾個點點點，然後委婉地說：「可能是其他幻武並不認為點火燒寶石是個好選擇。」

……說好不要翻黑歷史。

「你朋友是無屬性！」魔龍嘖了一句：「白痴弱雞，那小子沒有屬性偏向，所以幻武不會被他的先天力量壓制或影響，可以全力發揮，跟著他比你還舒服。」

沒有屬性？

我下意識看著沉迷盯著骷髏的萊恩，仔細想想他好像眞的沒有特別展現出偏重的能力，使用的幻武兵器五花八門，而且都很上手。

所以這是特別天賦嗎？

「不是，這說明那小子真的太普通了，普通到沒有明顯可用的屬性，然後又努力到可以控制各屬性兵器，你看到那麼努力的人類，再想想你這有先天血脈的廢物，世界上牆那麼多，怎麼不去挑面一頭撞死？」魔龍冷嘲熱諷地說，接著被一股水氣蓋過去，就安靜了。

萊恩過了半晌才帶著期待的目光看向副族長：「如果你們願意，能將這位交給我嗎？我會盡力尋找你們需要的代價。」

「不需要，原本就是打算贈予九瀾或西瑞。」副族長擺擺手，「血靈不使用幻武兵器，我們只是恰巧發現九瀾的幻武氣息類似這物品，既然他們不需要，直接送你就可以。」

抱著骷髏，萊恩很慎重地對副族長行了禮和感謝。

我順口問了萊恩要怎麼處理這顆怪異的幻武石。

「等力量恢復後再次進行溝通。」萊恩回答：「如果他真的不願意離開，就幫他找個地方放置，避免被外界打擾。」

「咦？所以你沒有打算使用嗎？」我有點詫異。

「如果不願意就不勉強。」萊恩摸了摸骷髏的腦袋，「以前我也遇過好幾次，有些不想醒、不希望重回世界，我會根據他們的意願藏回去，或幫他們找個更喜歡的地方。」

「嗤，浪費精神。」西瑞不以爲然地咧嘴，「像本大爺多乾脆，大爺自己就是武器，那種身外玩意都是浮雲。」

「嗯，看個人吧，我也覺得你滿厲害的。」萊恩完全沒有被嘲諷的反應，很自然接下西瑞的話。

「對吧，本大爺就是世界之王，徒手弄死那些王八蛋才是眞理！」西瑞拍拍胸脯，豪氣地說：「哪天你混不下去就來投靠本大爺，大爺帶你無痛碾壓排行榜成爲人上人！大爺在的一天就有你的一口飯！」

「好，謝謝。」

我無言地看著居然可以正常對話的兩人，不知道該不該說萊恩有點強大。

就在這看似有點熱血的時刻，一股好像控制鍵被轉到最小的轟然聲隱隱傳來，如果不是因爲聽過太多次爆炸，我大概會忽視那聲音，而且接二連三，短短眨眼時間就炸了三次，連西瑞和萊恩都轉向疑似聲音來源的方位。

「入侵者。」副族長禮貌性地對我們點點頭。「我去處理。」說著，他人直接瞬閃消失，快到都不知道他是怎麼位移的。

「大爺也去。」出門到現在壓根沒打過癮的西瑞從椅子上跳起來，歡樂地衝出門，不帶走一片雲彩。

「去看看嗎？」抱著骷髏，萊恩歪頭看我。

其實我有點懶得去，但萊恩的表情看起來就是想去，我只好站起來，讓西穆德帶著我們重回鬼楓林入口處、也就是爆炸騷動傳來的地方。

這些鬼樹眞的睡得很深沉，外面緊鄰著結界的各種爆炸都沒有吵醒它們，不過我懷疑血靈把對外隔離結界蓋在這裡，就是準備哪一天大結界眞的潰散、剩餘的血靈無法支撐時，就把這些鬼楓樹放出去咬人。

大結界內看不太清楚外面發生什麼，西穆德微微一揮手，迷濛的界線緩緩清晰起來，下秒一張腐爛的巨臉直接撞在結界壁上，潑出大片黑紫色的液體。

被外面血靈砍斷腦袋的巨大鬼族抽搐著倒下，溢出毒氣。

爲什麼會有鬼族？

剛來時還很安靜的小山路上現在充滿了各式各樣的鬼族和魔物，裡面竟然還有一、兩名黑術士，小亭子已被拆了，紫黑色的毒氣瀰漫在結界外，腐蝕掉山腰上的植物。

如果鬼族埋伏在這裡，那我們在來的時候肯定馬上就知道了，更別說住在這裡的血靈們，換句話說，這些鬼族是轉移過來的，目的尚不知，血靈們發現的第一時間直接進入屠殺模式，那幾個接二連三的爆炸就是砍掉黑術士和大型鬼族產生的。

正想讓哈維恩保護萊恩，我轉過頭，赫然發現萊恩身後突現兩道空間裂口，其中一道開得比較快的顯現出人影，下一秒那影子直接拽著萊恩，秒消失在我們面前，迅猛到我們竟然一時沒反應過來。

什麼狀況？

啊靠！

萊恩被綁架了！

最快回過神的是血靈，他大概沒想到有人膽敢在血靈的居住地裡擄人，西穆德瞬間原地消失，接著哈維恩也跟上腳步，另一道黑色影子從鬼楓林裡拔出，流星一樣追上。

「媽的！敢抓本大爺的人！」在外面打鬼族的西瑞發出不對的怒吼，眨眼跑掉。

我回頭甩出米納斯，將另外一道空間裂縫的黑術士打得腦漿飛散，慢上一步偷襲的黑術士摔回裂口裡，直接被黑暗吞噬，兩處縫口馬上黏合，在空氣中蒸發。

哈維恩肯定會沿路留記號給我，我只要跟上去就行了。

收起狙擊槍，我才想出結界繞開那堆鬼族時，一名看不見面目的血靈無聲無息地從我後方竄出來，很貼心地拎著我快速追上。

……雖然我現在跑路的速度比以前快很多，但對血靈來說還不如拎著跑比較快嗎？

有點懷念的感傷。

擄走萊恩的東西跑得超快，西穆德他們衝出去很大一段距離，瞬間便已離開鬼楓崖的山區，但哈維恩留下的記號竟然還繼續向外延伸。

我完全沒有概念萊恩爲什麼會被抓，認眞來說，我和西瑞的敵人比他還要多N倍，更別說已經沒有雪野家的事情了，抓誰都輪不到他頭上，況且他平常還自帶半隱身技能，對方這麼神準就是徹底針對他，再加上一樣把空間裂縫開在萊恩後面的黑術士，讓我浮現十萬個搞不懂。

我們在離開鬼楓崖的山下遇到哈維恩和西瑞，兩人正在確定某樣東西，拔腿要走前我趕緊喊住人。

「西穆德還在追人。」哈維恩從血靈二號手上接過我，然後繼續跟上前人的步伐。「按氣息來看是白色種族，力量很強。」

我們又追出去好大一段路，最後終於在另一座山上追到擄走萊恩的東西，對方甚至已設好隔離結界，比我們早一步到達的西穆德與另名血靈打破結界牢牢包圍住人，走投無路的綁架犯則是以一把刀架在萊恩的脖子上，刀鋒已經陷入皮膚，割出一片血跡。

等我看清楚綁架犯的打扮後，一股火氣就上來了。

「你們重柳族現在連無辜人類都綁架嗎！」

抓住萊恩的正是一個藍眼的重柳族，難怪動作會這麼快，重柳族的戰力也很高強，而且平常還可以吃飽。

不過這重柳族我沒有看過，不是上次那個白目的十一殿下，但氣息及眼睛有點相似。

「你看上他是沒用的！他有老婆了！」西瑞對著重柳族精神喊話。

「我沒有。」死死抱著骷髏的萊恩反射性回答，難為他被抓這麼遠還可以緊抱不放，我看他生命最重要的前兩名就是飯糰和幻武了吧，誰都代替不了這兩東西的地位。

「你是很想娶你後面那個嗎！他還和你差不多高！包頭包臉不敢見人一定有痔瘡！軟軟香香的女學生不好嗎！」西瑞憤怒地指責自家同學不配合。

萊恩還眞的想了一下，「嗯，我不想娶後面那個。」

「……」重柳族捏緊刀柄，可能想直接割斷萊恩的喉嚨。

「萊恩沒有得罪你們，白色種族已經無恥到不講理了是吧？」我拉住西瑞的手臂，怕他又亂說一通刺激綁架犯，搶先開口：「他好歹是公會白袍，重柳族連公會的人都可以毫無理由便隨意傷害嗎？」

說時遲、那時快，萊恩突然扭頭往刀鋒撞過去，正在凝神戒備血靈們的重柳族明顯被他嚇了一大跳，按著刀的手竟然鬆開，出現對於他們而言不可能的重大失誤，刀在萊恩脖子邊劃了淺淺一圈，他直接趁著這破綻翻身滾出重柳族的手邊，急速接住哈維恩甩過去的彎刀，擋下重柳族的襲擊。

雖然只有短暫的一、兩秒，但也足夠其他血靈反應，萊恩被西穆德救出，三名血靈殺氣騰騰地圍住重柳族，等我出個聲就可以瞬間弄死他。

「等等。」萊恩抓住哈維恩的手站起身：「他沒有惡意。」

「你看看你的脖子。」西瑞指著對方鮮血淋漓的頸部和領口。「血靈晚來一步你的狗頭就擴建成透天了。」

「真的沒有，他是被包圍才拔刀。」萊恩連忙解釋：「在那之前只抓著我跑，沒有殺氣。」

「你都差點失身了還在幫嫌犯說話啊。」西瑞給了記白眼。「快想想你還始亂終棄了誰！」

「他就不能是擄人勒贖嗎？」我無言地看著一直往情殺發展的西瑞。

「屁，大爺和你家都比萊恩家有錢，綁架他是想喝西北風嗎？」殺手很嫌棄地說：「這傢伙一窮二白，三餐只能吃飯糰，綁架他有什麼好處？賣器官嗎？」

他不是三餐只能吃飯糰，他是個人喜歡吃飯糰啊。

「綁他可以勒贖……靠夭！」差點又被幹話帶歪，我氣噗噗地轉向重柳族：「重柳族爲什麼要對普通白袍下手？在血靈的領地上襲擊，我們有正當理由將你擊殺！」

重柳族大概都是蚌殼轉世，說不開口就不開口，嘴巴閉得死緊，大有死也要死得安靜的氣魄。

「十一是你的誰？我和他有仇，你既然膽敢來這裡綁架，我就把你殺了，腦子挖出來搭配明太子宅配給十一，然後用你的屍骨作法天天詛咒他出門踩狗屎。」我直接開大絕，果然這名重柳族在聽到十一兩個字時眼神閃爍了下，顯然是認識的。

然而即使對十一有反應，他還是選擇閉緊嘴。

我認眞思考好補學弟給我的那堆瓶瓶罐罐裡面，有沒有什麼能夠有效不見血、強迫蚌殼開口的藥物。

逼他吃一桶高濃度麻辣湯嗎？

感覺會烙賽到死。

「……等等，你是二十七？」西穆德從剛剛開始就沒說話，凝視了重柳族一會兒，突然說穿對方的身分：「清王的子嗣？」

果然是兄弟，那還是灌高濃度麻辣湯好了，兄債弟償。

沒發現我正在想著怎麼灌湯，西穆德低聲說：「他是保守派的人，並沒有參與獵殺隊。」

「認識的？」我皺眉，意外血靈竟然與重柳族有往來，我還以爲他們見面時就是比誰先將對方的腦袋扭下來。

「不認識，聽說過。」西穆德示意我們看對方的肩膀，那裡慢慢爬出一隻拳頭大的命蛛，與其他的不同，這隻命蛛少了一條腿，有顆眼睛也瞎了，顯然是有故事的命蛛。「保守派的二十七參與過許多歷史戰爭，但都是與邪惡對戰，不在刻意組成的獵殺隊內，傳聞裡只有他的命蛛長這樣。」

西穆德在敘述這些事的時候顯得心平氣和，沒有因爲對方是白色種族就露出先入爲主的仇恨神色。另外兩名血靈雖然收起殺氣，不過還是警戒地包圍重柳族。

「你不是獵殺隊的人，你綁架萊恩幹什麼？」我差點就吐槽他該不會眞的一見鍾情，這口味也太威猛。

重柳族還沒回答，原本包圍著他的血靈們突然全都轉向鬼楓崖的方向，連西穆德也看過去，這時我才感覺到有好幾道更強大的氣息直逼鬼楓崖，應該是黑術師等級的傢伙出手了。

淡淡掃了眼被包圍的鬼楓崖，二十七抬起手，上方天空傳來一陣鳴叫，白色的影子展翅落下，穩穩停在他的手臂上。仔細一看，居然是魂鷹，很大機率還是我們救走的那隻，因爲那雙明亮清澈的小眼睛正瞬也不瞬地盯著我和萊恩，隨即又是高傲地叫了幾聲，然後往搖過牠的西穆德方向吐口水。

「……使用了銀滴，就必須慎防被發現與掠奪。」重柳族突然冷冷開口。

我愣了下，怎麼覺得對方說的東西很耳熟？

哈維恩先有反應，連忙上下檢視萊恩：「你說他身上有銀滴？」

重柳族微微點頭，抬手摸了摸魂鷹湊上前的腦袋。「作爲救出的回禮。」

這時我們也確認了對方眞的沒有惡意，他全身的敵意與力量氣息全收斂掉，呈現種死寂的狀態，我看了西穆德一眼，後者抬手讓兩名血靈同伴收回武器，先返回鬼楓崖對付入侵者。

我差不多也想起來銀滴是什麼東西了，以前去冰牙族時喵喵解釋過，是可以修復生命時間的珍貴東西，恐怕比我們吃過的凝神石還要寶貴，因爲那玩意不是產自於我們世界。我和不約而同轉頭過來的西瑞、萊恩對上一眼，紛紛想起萊恩病房裡那不明的存在，覺得十成十是對方悄悄弄出來的。

一想到這些，我調整了態度，很禮貌地重新看向眼前的重柳族。「這位……二十七殿下？可以請問您知道萊恩身上的銀滴是怎麼回事嗎？」雖然我對重柳族的觀感很差，不過畢竟事情和萊恩有關，我還是努力掏出大概剩下零點五公分的敬意。

魂鷹又鳴叫了兩聲，很有個性地似乎在催促，二十七才冷漠地開口：「不清楚來源，氣味很淡，應該是這兩天內被置入，量相當少，不足半滴，正好足夠修復他身上殘餘的傷損，因爲是純人類，揮發的速度比較慢，原本的力量過兩天才會恢復如初。」

所以有人半夜潛進病房裡把萊恩徹底治好，卻不知道是誰？

前世今生的情人嗎？

哈維恩又多問了幾句，確定萊恩不須再使用藥物治療，只要好好休息，等到銀滴完全作用後就可以回到全盛時期。

二十七把魂鷹的債還完後便直接轉身消失，完全沒有繼續和我們往來的打算。

其實我原本想問看看前一次放出魂鷹找重柳的是不是也是他，但一思及對方是重柳族，馬上又打消念頭，想想還是別再有牽扯，萬一他想搶珠珠就麻煩了。

正要返回鬼楓崖了解入侵者被屠殺的狀況，空氣中有股巨大又沉重的力量下壓，如同天空塌陷般讓人窒息。

然後我們看見有點眼熟的金火自天空往下投射，在鬼楓崖外圍的山轉出一圈，當場燒掉一大半入侵者，還燒出了更熟悉的扭曲黑暗氣味。

萊恩則是抬頭看著天空擴展開的金焰。

「千冬歲來了。」

※

返回鬼楓崖的沿路上可以看見一些正在灰化的鬼族屍體。

黑術士與後來的黑術師數量並不多，大概四、五名，死光後那些不知道哪來的殘存鬼族也都逃得零散，污濁的惡臭很快就被鬼楓崖周圍的防禦術法清洗消除。

其實如果千冬歲不出手，血靈們也能夠把入侵者處理乾淨。

很快地我們就在小亭子原址前看見千冬歲和莉莉亞的身影，附近還有幾個在打掃的血靈，意外的是丹恩沒有跟來。莉莉亞一看見我們馬上走過來劈里啪啦一頓罵，大致上就是在說我們幾個不知死活逃出醫療班，大家都很緊張之類的……雖然我覺得大家應該是很想把我們抽骨去皮，緊張反倒是其次。

「不對！我們全都很緊張！」莉莉亞一看見我有點無所謂的態度整個大怒，「渾蛋！知不知道醫療班發生什麼事情……」

「進去說。」萊恩阻止莉莉亞的暴怒。

外面還有某些邪惡的存在虎視眈眈，的確不太好講事情。

西穆德立即帶著全部人回到血靈的居住地，那場莫名的襲擊完全沒有造成影響，血靈一路領著大家回到高級客居處大廳，還準備不少茶水小點心。

千冬歲一路上都沒有說話，他已經換上常服打扮，長長的黑髮繫在頸後，額頭上的紅印也不見了，看起來和平常差不多，只是時不時盯著萊恩。

莉莉亞喝了口茶水，邊罵邊上上下下檢查了萊恩一圈，確認沒有事後才鬆口氣，說出醫療班那邊的狀況：「你們逃跑之後，提爾他們發現冰炎與夏碎兩位學長被人動過手腳，似乎放置了少量銀滴，兩人殘餘的傷損幾乎修復，稍作調整正好能恢復到先前他們最佳的狀況。」

她才剛說完，我們幾個都皺起眉，不約而同看向萊恩。

學長、夏碎學長和萊恩都被不知道哪來的人塞了高級修復物品，分量還都正好可以恢復到最好的狀態？

如果不是因爲萊恩逃跑，很可能第一時間就會檢查出三人的異常。

擁有銀滴的人很不巧地我還眞的知道一個，不過那個陰險的賤芭樂應該不可能會千里迢迢潛入醫療班做這種事，更別提其中還有與他完全沒交集的萊恩。

所以更想不出來是誰了。

「你們怎麼會知道我們在這裡？」萊恩有點疑惑地詢問，還順手摸了兩下懷裡的骷髏。

「我們和公會找了很多地方，後來我們想起來這笨蛋的身邊有血靈。」莉莉亞沒好氣地瞪了我一眼，彷彿我就是那個元凶，然後咬牙說：「所以我們兩個占卦後確認方向，來這裡找你，果然眞的把你藏到這種地方來。」她一臉就是想找個時間在巷子轉角蓋我布袋。

……冤枉啊。

凶手根本就是妳面前那個好嗎。

「是我想出來走走，西瑞和漾擔心我才跟來。」萊恩很有義氣地立刻把鍋揹回去，接著他想想，突然就把水晶花的胸針掏出來遞給莉莉亞。「伴手禮。」

莉莉亞直接傻眼。

我正在想好歹也裝個盒子送人比較好吧，就看見剛剛還在罵人的莉莉亞愣愣地把胸針接過去，耳朵可疑地紅起來，連說話也變得結結巴巴：「什、什麼禮……誰教你買伴手禮……而且逃跑是你不對……」

「嗯，但是我想出來走走。」萊恩很老實地接受指正，然後告知少女他還是會逃院。

「誰管你還會不會逃院……沒、沒事就好！」莉莉亞握著胸針的拳頭捏得很緊，原本怒氣沖沖找人算帳的氣勢慢慢消下去了。「那你……好多了嗎？」

我覺得莉莉亞好像不是在問他身體是不是好多了，而是在問心情。

萊恩點點頭：「嗯，好多了。」

莉莉亞鬆了口氣，隨後又哼哼唧唧了句：「笨蛋，等等回醫療班檢查啦。」

兩人又隨口說了幾句，一直站在一邊的千冬歲才走過來，有點小心翼翼地看了看我們，旁邊的西瑞大概看在萊恩面子上沒有找麻煩，嘖了聲轉開頭。

「等等。」千冬歲喊住西瑞，沒有像平常一樣不友善地對槓，反而是難得地好聲好氣低頭說道：「那時候……謝謝你。」

西瑞看了眼千冬歲，露出一個懷疑對方大概是吃到什麼有毒東西之類的表情。

千冬歲默默吸了口氣，也可能是忍著不要搥爆長年死對頭的腦袋，態度良好地重複一次：「我欠你一份人情，不管如何，謝謝你們的出手與幫忙。」

「大爺才跟你沒交情，不要在那裡亂道謝。」西瑞一臉大便地跑開了。

我看千冬歲大概覺得有點無言，好心地跟他說：「你可以考慮打個金牌金項鍊還是送台花車給他。」

然後千冬歲更無言了，他調適了幾秒重新轉回萊恩，看樣子做了很多心理準備才敢開口：「我……」

「我說過，我會很生氣。」萊恩截斷了對方的話，罕見地沒有把主動權交出去，而是很認眞表達自己的意思：「我知道你的想法，但是我非常生氣。」

「我知道。」千冬歲低下頭。

「是從靈池……不，雪野家主到別院來的時候開始的對嗎。」語氣沒有特別起伏，但萊恩周遭的氣溫卻降低很多，連我都可以感受到那種不能惹的冰冷。

千冬歲點點頭，姿態擺得很低，就像闖禍把紗窗從十二樓踢出去還砸到路人的貓，現在正在一臉正常但夾著尾巴地等待教訓。

「雪野家主龍神的力量會影響思考，讓人與大環境趨向於戰爭與憤怒，這點不只是我們能看出雪野家族裡許多長老、精怪也都同樣受到蠱惑。可是不論如何，我一直相信你會與我分攤承擔的壓力，不管好壞，一起全心全意度過難關，就算是錯我們也會共同負責。」萊恩停頓了幾秒，微微皺起眉：「所以我不用開口質疑，我只要信賴你及盡全力與你並肩作戰，我沒有後悔選擇過，但是你最後把我丟了。」

萊恩在說這些話的時候，雖然語氣沒有變，卻帶著說不出來的委屈。

他一直沒有說出口，短短一、兩天玩笑似的旅程中也看不出異樣，不過他現在表現出來，他就是很委屈。

我想起萊恩明明力量不夠強也不是黑色種族，他還是一次次往前，受了眾多嚴重傷勢依然想站到千冬歲身邊，想在龍王前替千冬歲分擔生命保護兄長的是他，繼承禍印力量後千冬歲迷失自我，也是他第一時間去擋人。

他就只是個稍微擁有能力的人類，他沒有先天優勢，選項和後台其實並沒有我們那麼多，對其他人而言或許有數十種選擇或手段，不過對他來說很可能就僅有那麼一、兩種，然後他盡全力想去完成他能做到的那一、兩種，即使他是我們之中最弱的純人類，甚至必須拿命來換。

於是這個人類很沉重地說：「神諭家族因爲力量強大，必須照顧世界上很多事情，且爲了各式各樣的角力無私付出，我明白你們在歷史上地位超然，很多時候身不由己、倍受箝制；但我希望你也可以明白，我們史凱爾家族就只需要多那一點點信賴、不移的信任，我們便能夠不斷站起，捍衛一切的勇氣與榮譽。」

「我辜負了你交到我手上的信任。我因爲害怕傷害你，單方面毀掉以前說過不管如何都會一起面對的承諾，不讓你繼續陪我走下去。」千冬歲看著自己的搭檔，眼眶有點發紅，雙手有著深深後悔的顫抖。「所以我沒有資格向你請求任何事情。」

「嗯，你的確沒有，你把我丟掉了。」萊恩點點頭，補上一句：「我到現在還沒揍你已經算你幸運。」

我看著他們兩個，無法開口幫誰說話，這點莉莉亞也一樣，他們處理的是他們搭檔間的事情，只能他們自己解決。

千冬歲苦笑了下，抹了把臉，「我還寧願你揍我……」

萊恩摸摸骷髏，說：「沒有，去反省。」

千冬歲：「……」

如果有位好朋友重重踩了另外一位好朋友雷點怎麼辦？

很簡單，看著他蹲在爆炸後的洞裡，反省人生到自我懷疑。

有時候單純的人執著起來會比別人更嚴重，因爲他這輩子在意的點可能就那幾個，爆了人家埋了十八年的深層地雷，不花點時間和精神去補償是不行的。所以我打算置身事外，反正萊恩看起來也不像需要和事佬，更不想別人上前幫忙說好話，他就是要把怨氣散發完畢再說，就像他一可以動彈馬上逃院出門散心一樣的道理，他有自己的規劃和消氣步驟，並不需要其他人去打亂他。

千冬歲看上去也縮了，剛剛高空打鬼族的威風徹底消失不見，他這時候的害怕和面對夏碎學長的害怕是不一樣的感覺，哪裡不一樣我也說不上來，大概就是驀然回首，你老婆已經把離婚證書甩在你臉上，連家產都切分好、律師還細數出幾十條罪狀，從此人生不相往來那氛圍。

……

幹喔，又被西瑞的霸總情殺劇影響了。

那邊的搭檔談判破裂後，西穆德與血靈副族長走上前，前者手裡提著一團血淋淋的東西，外觀很驚悚。

西穆德把纏滿血和頭髮的人頭丟在地上，用短刀撩開臉上的髮絲，腫脹的臉凝固了死亡前的怨恨與恐懼，還飄出了扭曲爲鬼族的氣味。雖然變形了不少，但我們不久前才見過她，所以沉默了幾秒後都知道這腦袋的主人是誰了。

「凡妮莎？」我眞沒想到她會扭曲成鬼族，而且還追上來，寶庫裡後來到底發生了什麼事情？

「怎麼回事？」莉莉亞見我們臉色不對，推了下萊恩，疑惑地發問。

取得西瑞的同意，我省略掉大部分羅耶伊亞家族任務的內容，挑揀著將凡妮莎及寶庫的事情告訴後到的兩人。

千冬歲聽完後走去旁邊，直接用他的情報班管道向公會查詢，沒多久還眞的帶回相關消息。只見他用很複雜的表情嘆了口氣，儘管我已經知道我們可能搞砸了公會的什麼高級任務，但還是讓我有種後頸一麻的秋後算帳感。

「……幸好你們有僞裝。」臉沉到彷彿要宣判癌末病症的醫生，千冬歲感嘆道：「公會那邊要追緝『三名傭兵女性』，按照現場留下的氣息，疑似全爲黑色種族。」說著，他淡淡掃了眼哈維恩和血靈。

「女性？」莉莉亞微妙地盯著萊恩。

說到這個，我還沒傳壁咚照片給她，於是我對白袍少女招招手，讓她拿出手機收照，接著就看見她震驚到想自戳雙目的表情。

果然不能只有我看到，朕舒服了。

「什麼？」萊恩不解我們兩個在幹什麼，歪過腦袋想要看手機。

「沒有！」莉莉亞秒把手機收起，表情不但微妙還疊加了一言難盡，失去往日的暴躁和傲嬌，憂心忡忡地拍拍萊恩的手臂：「回去醫療班還是好好再檢查一次吧，如果心中有什麼不舒服的盡量都告訴醫療班，頭也是。」

「……？」萊恩渾身問號。

千冬歲輕咳了聲，打斷我們這邊的謎之對話，繼續剛剛的話題：「這件任務現在是前線黑袍等級，非任務情報班可查詢的資訊有限，只知道原本是低等探索任務，約莫三個月前……」

三個月前，公會收到一些尋人委託，大致上是這塊由黑色種族統治的領土周遭不少村莊有人失蹤，或是經過的冒險者們從此消失蹤影。經過幾次探查後，發現與統治此地的青幽族脫不了干係，但城內男性們口徑一致說是自願和女妖談戀愛，卻沒有生命能量消失那段時間的記憶，且找不到其他失蹤者的蹤跡，加上領主拒絕公會進入領地，導致探查只能私下緩慢進行。過了一陣子確認的確不少人的失蹤與城內青幽族有關，所以任務升等，周邊陸續進駐情報班與袍級們深入調查。

「後來發現青幽族似乎在進行什麼實驗，原本已有前線袍級到來要進一步突破青幽族的祕密。」千冬歲快速說完簡略的可知消息，停頓了下。

看來就是公會進一步突破之前，領主就被西瑞給捅了，之後爆發二女兒勾結隔壁領主闖進寶庫，城內青幽族爆炸和公會槓上……沒錯，就是被我們給破壞了。

究竟是巧合還是誰在後面推動這一切呢？

反正要說是純巧合我是不信，就和孤島那時一樣，莫名就開了一道門，然後把小事件搞成大大的事件。

「現在公會破獲青幽族的巨型實驗室，最新消息是實驗室中最重要的邪惡物品被三名女傭兵劫走，現場只留下一絲無法追蹤的黑暗氣息，懷疑是城內大亂時有第三勢力闖進黑吃黑。公會正式公告三人的外貌並發出追緝，逐一清查明面上可知的傭兵團。」

千冬歲剛說完，莉莉亞馬上剝掉自己的白袍收起。

「我休假中！什麼都和我無關！」少女秒撇清關係。

這些袍級陽奉陰違什麼的都很熟練啊。

「不過有殘留氣息，他們會不會找上門？」畢竟有個變成鬼族的凡妮莎追上來，我憂慮地看著哈維恩。

夜妖精搖搖頭，開口：「放心，我們經過的地方都已抹消氣息，殘留斷後的術法不是我製作的。那是先前在殺黑術師等物身上搜出來的東西，白色種族如果眞的那麼有效率，他們循線過去還可以屠一波鬼族巢穴。」

……哩美麥。

但公會就會得到一個青幽族石頭被鬼族拿走的可怕結論啊啊啊啊！

第九話　熟悉的面孔

一時之間不知道該不該想個方法把石頭的消息透露給公會避免真去闖鬼族巢穴，但基於他們平常也會屠邪惡鬼族，最後討論無果的我們決定就讓大海和時間帶走一切。

反正這世界有很多東西找不到，也不差多一個了。

現在主要擔心的是凡妮莎這顆腦袋，以及她是怎麼鬼族化又和一堆鬼族、黑術士跑到這地方來的。

「讓我們試看看。」哈維恩與西穆德互相看了一眼，兩人在頭顱兩側張開了黑紅各異的術法陣，我與其他人退開小段距離，看著交互的陣法中心漫出令人不舒服的紅光，濃稠黏膩的暗沉光芒則緩緩注入扭曲的腦袋裡，竟然喚醒了存於裡面的黑暗波動。

鬼族這種東西很難死我是知道，但他們把一顆斷頭「弄醒」，視覺效果還是噁心到讓我想開槍打爆它。

爲了轉移這種衝動，我想想，小聲詢問一邊的千冬歲：「青幽族那個寶庫還滿大的，感覺成立很久了，怎麼會到現在才有人找公會幫忙？」按照我們所見的規模，那座山體寶庫至少也存在有幾十年吧？

「那座城是這一、兩年才開始出問題，先前是周邊城鎮，雖然還在擴大調查，不過我想他們最早的狩獵場並不是在領地周圍，而是從各地偷偷帶回祭品，這一、兩年才內縮到領地，原因還在調查。按照情報班的判斷，他們應該是想遺棄這個領地，正在做最後的收尾。」千冬歲低聲回答我。

想起可以帶走石頭的盒子隨便就搜出兩個，我也覺得很可能是他們差不多要把東西轉移走了，才會放在容易取得的位置。

正想著積攢的能量被魔龍拿走會不會有問題時，凡妮莎的頭顱突然噴出大量黑水，深黑的液體懸上空中約莫對開大小，暗色的平滑面緩緩出現影像，很快便清晰起來，是二女兒視角，時間點在失去青玉蛇、我們奪寶逃走後。

地下寶庫立即被公會控制，黑袍們張開了遍布整座山體的陣法，隨之到來的各袍級馬上鎮壓想反抗的其餘青幽族，速度之快，幾乎就是我們前腳剛跑，下一秒整座山脈就被封鎖。領頭的前線黑袍我沒有見過，應該說到場的袍級沒一個是認識的，透過鬼族的記憶畫面還能夠感受到現場強大的壓迫感與肅冷氣息。

一名紫袍倏地出現在黑袍前：「罪石被奪走了。」

面無表情的前線黑袍身上炸出一股戾氣。「找！」

紫袍轉瞬消失。

這時我抓抓下巴，感覺如果被他們逮到……還是不要想會怎樣好了。

撞破山體衝進來的犄角巨蛇身上傷痕累累，發現族裡石頭不見的同時發出尖銳嘶鳴，就和領主被宰掉時城裡傳來的那種聲音一模一樣。

凡妮莎摀耳尖叫之際，那條大蛇猛地轉頭朝向她，帶著血的眼睛注視著渺小的青幽族。

「母親……」凡妮莎將沾滿青玉蛇灰燼的手覆蓋到自己臉上，不敢面對巨蛇憤怒的視線。

巨蛇張開嘴，地面上盤據大半個寶庫的黑色陣法竟然抵抗了上方的公會法陣，執拗地逆轉發動起來。「把……祕傳石……」

話還沒說完，地面發出喀一聲，法陣線條眨眼全裂，數不盡的裂縫中蔓延出黑色毒素，首當其衝的凡妮莎這次連驚叫都來不及，直接被捲入極速形成的毒霧裡，所見轉爲血紅，扭曲的視線中可見公會的人急速退開一段距離，上方鎮守的術法陣整片壓下來抑制地面邪陣惡化，不過在正中心的凡妮莎和巨蛇已經來不及擋禦，鬼族化的少女朝著撞破的山口衝出，直接轉爲高階鬼族的巨蛇則是擋住公會的追兵。

接下來的血色視線就是她在黑暗中朝著某個方向潛行，不知什麼時候出現了其餘鬼族和黑術士，四周充斥各式各樣的惡毒言語，當中還夾雜著被追蹤者身上有特殊氣味的消息……

看到這邊我大概知道她是怎麼追上我們了。

站在一邊的哈維恩甩出替我們保管的幾件飾品，那是在下水道裡和少女交換的首飾，我們完全忘記有這回事了，看來這個鬼族追蹤的正是她自己殘留在飾品上的力量軌跡，好死不死又讓他們藉由飾品媒介嗅到萊恩身上的異狀，才被黑術師得到機會定位座標，直接撕開空間裂縫摸到我們身邊。

如果當時重柳族沒有出手，按照萊恩的狀況可能眞的會被黑術師擄走，我們甚至來不及救援。

無論如何，這個麻辣濃湯是灌不成了。

哈維恩拋出一小簇黑火，把飾品連同凡妮莎的頭顱一併燒乾淨，兩人收掉陣法。「她的記憶因爲鬼族化而破碎，再早的沒辦法回溯了。」

我點點頭，拍了下手腕，「希克斯，出來！」

魔龍的虛影直接飄出在我們所有人面前，挑著眉用略微挑釁的神情看向我。

「那顆石頭到底是什麼？」我環起手，回看這個經常大事裝死的傢伙。「如果很嚴重，就吐出來。」

「……讓本尊處理會比交給那些智障白色種族好。」關係到自己軀體的生死，魔龍嘖了聲，老老實實地說：「這玩意應該是伏水那顆生命之石衍生的研究物，本尊不知道那些蠢蛇哪裡搞來的，不過完全做錯了，裡面只吸滿惡意生命，對你們來說確實沒有用處，銷毀有高度可能爆炸並污染大地，不如讓本尊拿走轉化成鑄造身體的能量，那些白色種族還省得處理，萬一落進其他黑色種族手裡，都可以直接搞出幾個鬼王等級的存在。」

我看向血靈和哈維恩，兩人點點頭，同意魔龍的判斷。

「喔對了，好心告訴你們件事，那群蠢蛇的研究有問題，他們把男女分開吸，這顆裡面全都是男性體的生命能量，也就是說其他地方必定還有顆女性體能量，你們有辦法找到的話就早點找到吧。本尊看這顆的完成度已經趨近九成，另外那顆沒意外也會是相當程度。」魔龍打了個哈欠，懶洋洋地搧搧手，「至於完成之後他們想幹什麼，本尊就不知道了，反正絕對不是什麼好事。」

該說的話說完，魔龍的身影秒散化在空氣中，懶得多做交流。

「如果你們不介意，石頭繼續交由希克斯處理可以嗎？」我看向後到的千冬歲和莉莉亞，他們兩人也表示沒有意見，畢竟這東西被公會發現，我們這邊大概會全體被剝皮，不如偷偷處理掉還可以少個威脅。

話說回來，魔龍並沒說這東西可以完全恢復他的身體，所以他眞實的力量遠遠高過於這顆石頭？

……算了，暫時先這樣吧。

※

「回醫療班吧。」

千冬歲往萊恩的位置看了看，開口。

「等等，還要去個地方。」萊恩轉向我，然後朝血靈說：「伏水石板。」

「……事不宜遲，快去快回吧。」千冬歲的神情看上去有點想阻止，不過還是點頭。

等西瑞走過來，血靈才打開移送陣法。

原本我以爲他們所知的石板也是在血靈住處的某個地方，直到我發現陣法上有個遠程定位的術法構成，才暗暗驚覺這個伏水石板的位置肯定很遠，可能不是血靈的地盤。

還沒有想完目標點會是什麼樣子，周圍景物已徹底變化，幽暗與腐朽的氣息撲面而來，千冬歲快了一步在周遭設置結界，適時隔開不知有沒有毒的空氣，淨化術法落在幾個位置，很快把空間裡凝滯的氣流汰換一輪。

黑暗的室內逐漸明亮起來，我們到達的地方是間幽靜的石室，約莫半座棒球場大小，地面上沒有殘留物品，倒是能見之處有不少壁面刻畫，很大一部分都被破壞掉了，似乎這裡曾發生過激烈交戰，地磚也坑坑疤疤的，還有幾個不大不小的凹坑。

「這是一座被沉到地底的小型神殿內部，很久以前我們血靈的某位弟兄負傷躲避擊殺時，無意間發現的。」西穆德指指已經被沙土填塞無法出入的通道口。

從固實的沙土層後可以感覺到滿滿的土系力量，顯然這裡真的是地底深處，就不知道當時躲到此處的血靈是怎麼發現這個地方的。

「伏水相關的石板在這裡。」西穆德走到南側的高聳壁面，原本還有點暗的地方馬上變得日照般明亮。

我手腕猛地燙了下，米納斯竟然衝出來，遮掩不住的訝異感直擊我的大腦，她撲到牆邊盯著有些殘缺的石刻畫像，接著魔龍看熱鬧般尾隨在後。我沒有看過米納斯這麼衝動，她平常只有在戰鬥和保護我等等需要時才會出現在眾人面前，大部分還是比較習慣開聊天室節省我的力量和精神。

什麼狀況？

我快速走到那面牆，終於看清楚上面的石畫，接著腦袋一片空白，整個震驚。

石畫上是兩名女性的肖像，抱著一些花花草草，花我認不出來品種，草正是天女草，重點是其中一名女性竟然有著與米納斯八成相似的面孔，而她的身邊是與她有五、六分像的女性，同樣抱著類似的花草，兩人帶著優美的微笑，顯而易見具有血緣關係。

讓我驚訝的是，那個長得和米納斯很像的女性穿著的正正好就是千眾的衣服，而另一名則穿著伏水的服飾。

不、不對，我當年得到米納斯的時候，她說她沉睡了一千七百年，伏水神廟和千眾破敗在前，顯然不符合這個時間點，這名千眾的女性死亡時間比米納斯早，更別提米納斯甦醒當時很可能只是借用蛇尾神像的外貌，並沒有記憶可以轉化出原始容貌，證據是米納斯介紹自己是龍神精靈，但她卻用蛇尾，所以目前外表很高機率是就地取用的。

千眾的這個人和蛇尾神像有什麼關係？

「這不是我。」驚愕過後，米納斯顯然和我得出一樣的結論，於是搖搖頭，恢復一貫的冷靜。

我看著記錄，全都是古文，完全不懂。

「這是千眾和伏水的混血，名字沒有記錄，長姊屬於千眾，幼妹屬於伏水。」魔龍倒是完全沒障礙地唸出上面的文字：「兩人都是投入生命之石的創造者之一。」

我跟著看過去，旁邊果然還有不少肖像圖，雖然很多都被破壞掉，不過靠衣著和特徵足以辨認，全都是伏水的人，只有像米納斯的這位女性例外。

「生命之石是由伏水一族創造，古戰場上死亡過多，英雄與勇者們如流星墜落，聚集在伏水神廟的治療者們爲了支撐英雄贏得戰爭，將己族的歷史與生命能量獻出，凝聚成石，藉由與千眾、精靈三方一起共創的術法修復並延續受害者們的生命軌跡，推動自由世界戰爭的成功。」魔龍想想，瞄了眼千冬歲，說道：「某方面來說，這類似你們那朋友使用的替身，用相等力量去交換另一個力量，不過伏水用不同方法把生命融煉貯存了，再提供給瀕死的人，一群傻蛋。」

雖然沒有指名道姓，不過千冬歲低下頭，咬著下唇握了握拳頭。

神廟底下的幻獸也說過伏水奉獻給生命之石的這種話，不過牠當時說的和我從燄之谷知道的稍微有點出入，牠說伏水最後一人下令毀滅神廟，但燄之谷卻有記錄第一公主早先作戰時有伏水後人參與，可見伏水神廟破壞之後其實還是有些族人活下來，直到日後參加作戰被殲滅……又或者像妖師一樣只是藏起來？

難道米納斯和那支伏水後人有關係？

我讓哈維恩把記錄複印下來，打算離開後交給黑王，看來還得查查最早時我們遇到的那座蛇尾神廟……不過我覺得那可能只是肖像在某地方流傳後，被誤作為模特兒製造了神像，這還算常見，畢竟很多神靈沒有模樣，是靠製作者的想像和摸索塑像。

魔龍和米納斯繞了圈石室，發現只有這面牆上有伏水神殿的相關記載，其餘地方刻畫的是一些古代戰爭記錄。石壁大半都被破壞了，所刻上的文字也失落很多，後來魔龍找到一段轉述，大致上是說這邊的記錄是從別的地方帶過來複製雕刻的，原版本的位置發生戰事，於是才有人將伏水的義舉傳布出來，避免成為歷史斷代……現在看起來是已經斷了。

「知道這裡原本是什麼種族的神殿嗎？」我看向血靈，後者遺憾地搖頭，告知我他們早年探查過，這座神殿破滅得很徹底，其他部分早已在歷史中成為塵埃，完全找不出特徵，只有這間石室陰錯陽差保留了下來，血靈們就在這裡放置座標點，在外被追殺時可以逃進來躲躲，算是個臨時落腳處。再來就是千眾畢竟是妖師一族，所以血靈們理所當然會保存此地，預防未來如我這樣的後代突然想找千眾相關事蹟。

雖然我一開始要找的是伏水。

不過這樣可以更進一步證明古老時代黑白眞的沒有分得那麼徹底，伏水一族都和千眾通婚了，生下來的孩子更一起參與生命之石的製作，顯然有一定的地位。

千冬歲向哈維恩複製了一份記錄。「回去後我去情報班找看看，說不定會有相關的人像可以核對。」

「欸～漾，這裡有個怪東西。」完全沒加入我們的討論，離得遠遠、蹲在另一側角落的西瑞突然喊了聲，歪過頭朝我招手。

比較靠近他的萊恩拎著骷髏靠過去。

慢一步的我蹲下身，看見角落有個巨大的爆裂痕跡，本來鑲在上面的壁畫都沒了，西瑞指的位置是破壞痕跡的邊上，有個拇指大被稍微磨平又重新刻上的小圖案，如果不是像他這樣蹲下來仔細看，基本上很難發現。

那是個很像魚的圖騰，但換個角度看又很像某種怪異的野獸，不知該說是魚還是獸類，反正滿奇特的。

「幻水魔。」

「幻水魔。」

米納斯和魔龍幾乎同時開口，兩道聲音重疊，接著靜默。

「幻水魔族印不是長這樣。」千冬歲頓了下，有點疑惑地張開手，金火勾勒出另一種圖騰形狀。「現存於公會的記錄千餘年沒變動過。」

「雜血小蚯蚓，本尊可不是你們這年代的人。」魔龍鄙視了下千冬歲，「那群小傢伙搞什麼東西，還換族印了？」

「幻水魔是……？」跳過沒記憶卻能準確說出口的米納斯，我詢問顯然知道根源的魔龍。

「是水系魔族的小鬼們，本尊也只是聽說。」魔龍彈散了千冬歲手上的火焰，皺眉想了一會兒，才說道：「以前手下去水族附近辦事時有被捉弄過，後來把那群小鬼揍了一頓，其他不知道了。」

我看向千冬歲，他也搖頭表示不清楚族印的事，不過很快又說：「幻水魔很少出現在自由世界，他們現今遷居妖靈界，不過近期公會有一位幻水魔加入，說不定可以問問他。」

「先前到這裡的血靈弟兄們似乎沒有發現有這痕跡，返回鬼楓崖後我再去詢問。」西穆德把刻痕複製下來。

「最早發現這裡的血靈是哪位？」我問道。

「已經死了。」血靈回答：「是族長那輩的人，能問族長試試。」

聽了大家的話，我回頭再盯了一會兒那枚刻印，鬼使神差又或是一時手賤，我下意識往刻印上摸了兩把。

近似魚的圖案突然閃過一抹淡藍色水光，我連忙往後退，周圍的動靜猛地全部停下，幾雙眼睛皆看向默默發光的刻印，幸好沒有爆炸，水光盪出細小的漣漪後，有個半掌大的土塊從裡面掉出來，西瑞快了一步接住。

我才想說不要隨便亂抓啊萬一爆開怎麼辦，土塊就裂開了，還好依舊沒有爆炸，土塊裂爲四份，露出隱藏在中間的東西，同時圖騰上的水光也消失了，只餘一絲水氣，眨眼蒸發散去。

「啥鬼？」西瑞拎出那一小團物品，只是個小小黑黑、像某種碎開一角的黑色寶石，沒有力量氣息也沒有可辨認的花紋，還眞的完全看不出來是什麼。

幾個人輪流看過，連魔龍都沒看出。

然而根據經驗法則，幻水魔會在這裡塞東西，那絕對不是隨便塞個鼻屎或垃圾，肯定有一定的重要性。

「既然是黑色種族藏起來的東西，不如你們帶回去妖師一族看看吧，反正藏匿封印是對漾有反應。」萊恩意外地開口：「這裡今天沒有執勤的公會人員，沒人知道有什麼東西。」

跟來湊熱鬧的莉莉亞立刻轉開臉，繼續假裝自己沒看過。

我覺得萊恩還在執行「讓公會找不到」的趣味活動，而且玩得很開心，雖然我沒有證據。

接下來我們花了點時間徹底把石室重新勘查過，確認沒有更多線索後，便必須返回醫療班，西穆德則是要回鬼楓崖，他不太喜歡一直待在白色種族的根據地，約好詢問完石室的事情後再來找我們。

「大爺要回家一趟。」西瑞臭著張臉，不甘不願地說：「任務有鬼，大爺去看看到底是哪個混帳東西在裝神弄鬼，找出來秋後處決！」

不是我要說，既然整個殺手家族都沒發現任務被動手腳，那表示動手的人恐怕實力很強，有沒有辦法秋後處決很難說……希望不要是敵人就好。

哈維恩經過血靈允許，在石室內做了標記，方便我們之後再回來。

最後兵分三路，各自閃人。

※

回到醫療班……回到醫療班發生的事情我不想提了。

總之後來有陣子我看見醫療班都繞著他們走，用生命裡最畏懼的心敬仰他們。

我們一行人遭到了逃院的報應後幸好還留下了條命，因爲有銀滴的問題在前，所以躲過了烙賽半個月的惡報，但萊恩依然被幾名藍袍惡狠狠地教訓了一番，連同他抓狂的弟弟在內，丹恩整個大暴怒，差點把他好不容易被救回來的哥哥掐死，據聞氣得一整個月沒和他哥說過話，不過這也是後來的事情了。

拖著一條殘命，我又花了一番工夫安撫好哈維恩，才沒讓夜妖精大抓狂去屠戮虐待我的醫療班，幾個人一一診治過確認完全無事，當晚在利彌友善溫柔與充滿殺氣的微笑下，我很俗辣地夾著尾巴默默溜去萊恩的病房。

不得不說哈維恩的超進化還是很厲害，醫療班對我們精神與肉體攻擊後，還給出哈維恩這兩天輔助用藥很正確的結論，但我覺得哈維恩這幾天應該都不想跟醫療班說話，夜妖精自己遭虐一聲不吭，但對我遭虐很不滿。

有錢眞該給他加薪，但是我沒錢，他也看不起我可悲的存款。

我只能給他加油和比心。

萊恩的病房居然沒有換，大概是他身心傷害都好了，也沒有關禁閉的必要，所以藍袍仍把他安排在原先的房間，就是整個房間的禁制術法多了十幾層吧，一走進去都可以感覺到裡面克制住各種不必要的力量，有種瞬間變普通人的錯覺。

莉莉亞還在旁邊，白袍穿回去了，桌邊則有飯糰盒子，看來醫療班把食物分量控制也取消了，萊恩這時正一臉懷念地拿著飯糰，很珍惜地一口咬下去。那顆骷髏擺在床邊桌上，下面墊著絨布，看起來莫名有點神祕。

「歲去找夏碎學長。」萊恩把食物吞掉後才開口：「明天要回一趟雪野，已經向醫療班請假外出了。」

「回雪野？」我反射性感到不快。

「嗯，歲有重要的事情，你也一起。」萊恩張開手，上面浮起一片細小白色的雪花，嬌弱得好像隨時會融化一樣，從那裡溢出一小縷純淨氣息。「不是本家，是歲的別院，你去過，已經修復好了。」

看來應該不是要去找家主，我點點頭，「檢查得如何？」

我指的是銀滴，萊恩當然也知道，一邊的莉莉亞便自動接話了，少女臉色有點嚴肅：「眞的是，九瀾先生他們懷疑是有人把一滴銀滴拆成三份用，而且拆的量正好能補足他們該調養修復的後遺傷痕，動手的人很厲害很厲害。」

醫療班並沒有頭緒出手的是誰，現在正在徹底排查整個醫療班內部與出入人員，但我有種他們找不到的感覺。

先別說醫療班本身就一堆怪人，這裡不乏各種袍級進出，完全沒人發現就表示來者實力堅強，只能確定他不是敵方，大概是受益者三人的誰背後有人出手吧？

然而這樣又產生新的問題，學長和夏碎學長還可以理解，畢竟兩人是搭檔，關係匪淺，可是又多了一個沒太多交集的萊恩，就變得很難搞懂到底是哪個背後勢力和這三人都有關，並看重到拿出銀滴這種東西來治療他們。

喔對，千冬歲發了訊息給黑龍王，初步可以排除龍神境。

我看看手機，黑王那邊也表示與獄界無關。

客觀來說，比較可能的嫌疑人果然還是精靈或炎狼了吧，等學長出獄後問看看了，雖然我覺得應該不是他們，如果是的話他們沒必要隱藏自己偷跑進來治療，而是直接循正規管道來找學長。

……算了，這些讓他們去燒腦吧。

從萊恩的病房離開後，我直接往樓下的小花園走。

不得不說醫療班本部根本超越五星級服務，扣掉那些可以把人關個半年不見天日的小黑屋，住院環境好到不行，食宿用藥不用說，連這些花園與散心用的造景也布置得很精美，隨便走走都能讓心情好不少。

半隱在黑暗裡的哈維恩走出來，在月光下明顯放鬆不少，這陣子我也算看出來，雖然他已經自行適應在陽光下行走，不過不須隱蔽行蹤時他依然比較喜歡夜晚的氛圍和空間，畢竟是夜妖精，配合我們行動硬改天生習性眞是難爲他了。

「你不用找時間回沉默森林走走嗎？」我盯著好像有點發著暗光的夜妖精，思考他是不是偶爾也會進行月光版的光合作用之類的。

本來有點在放空的夜妖精轉過頭盯著我看，神色慢慢變成某種一言難盡。

「……我並不會轉頭就死翹翹好嗎。」我居然還看懂他的意思，他根本在腹誹我，明明我現在也有能力保護自己了好嗎！

又不是一天到晚開菁英本！

「按照你轉頭出事的程度，算魂飛魄散的等級。」哈維恩冷酷地吐槽：「單純的死亡還算好事，您太低看自己了。」

雖然好像是實話但是我覺得可以用友善點的方式講。

「不不，這幾天我打算正常生活，不會隨便魂飛魄散。」送對方一記白眼，我努力爭取自己所剩不多的形象。「所以你可以讓自己放個假，回老家去看看，你應該也很久沒回沉默森林了吧。」大概是因爲去了鬼楓崖，看到血靈們那種硬邦邦、無感情的生活方式，我突然覺得哈維恩多少該回沉默森林維繫點同族感情，畢竟他有家有族人，還有原先在身邊的親朋好友。

哈維恩想了想，回答：「在學院時族人偶爾會來拜訪，沒有你想像那麼離群索居，我也經常將在外所學傳遞給沉默森林，並不用特地返回。」

好吧，看來人家自己有在規劃。

在心底嘖嘖了兩聲，我打開了傳送術法，把幻水魔的黑石傳回去給白陵然看看有沒有什麼問題，順便把石板的事情一併告知，希望然那邊可以查探關於千眾那個與米納斯很像的人究竟是怎麼回事。

等了半晌沒有回應，可能然正在忙，我便沒想太多，因爲同時間我收到學長傳來的消息，而且是直接發到我手機上，這就有點詭異了，要知道學長平常很少這麼安詳和平地傳簡訊給我……所以他醒了？還在治療不能講電話嗎？

明明同在醫療班裡爲什麼是用傳簡訊的？

懷抱著該不會是詐騙簡訊這樣的想法打開訊息，看了幾個字之後我才發現我錯怪他了，學長傳的字很少：「幻武鍛靈者後日到達。」

燄之谷的鍛靈者終於回到人間了嗎。

我順手把訊息傳給萊恩，正好他手上有顆待挖骷髏可以一起研究，一傳完我才驚覺該不會學長也是轉發簡訊吧！

不過燄之谷誰會心情這麼好和他在那邊用手機？

我就用著人類的好奇心回他簡訊：學長你和誰在聊手機啊？

五秒後，彼端回了我一個看起來非常驚悚的死人骨頭圖案，我就決定不要繼續騷擾他了。

至少可以確定不是詐騙簡訊。

※

翌日我起了個大早，與哈維恩一起吃了頓精緻的早餐後，就直接去萊恩的病房。

意外地，我居然看見夏碎學長已經在病房裡，他的氣色看起來不錯，三分之一的銀滴明顯確實有達到修復作用，只是近期常駐在他皮膚上的蒼白顏色大概還要花點時間才會恢復正常，那頭超長髮束在頸後，身上穿著簡便的服飾，外面披了件黑色羽織，縮小的單眼黑蛇在他手腕上繞了幾圈，滿像高級首飾。

站在小吧台邊的萊恩也換好衣服，看起來居然有點正式，與平常繈巴巴的樣子不同，頭髮也很規矩地綁好。

而且沒想到喵喵居然也在，還抱著很漂亮的一束花，與萊恩一樣，服裝都頗為正式。

「學長不來嗎？」我看他們三個，下意識一問。

「燄之谷與冰牙族這幾天出了點事情，冰炎那邊正在處理。」夏碎學長並沒有詳細告訴我學長在處理什麼，只是說：「所以這趟他來不及同行，有點遺憾。」

其實我比較想問夏碎學長揍學長了沒，沒揍我也會很遺憾。

還沒問出口就看見千冬歲快步走進，他看了看夏碎學長和萊恩，神色有點緊張，將手邊的飯糰盒放到桌上，什麼都沒敢講。

我看萊恩應該還沒鬆口，所以兩人目前依舊處於絕交狀態，大概要送滿一個禮拜的飯糰才會得到緩刑，一旁的喵喵也沒打算幫忙打圓場，笑咪咪的不說任何話。

腦袋亂七八糟想了一圈，千冬歲已經打開傳送陣法。

前一天知道是要回他雪野家的別院，所以看見熟悉的庭院時我沒有太驚訝，完整修復好的院子依然飄雪冷清，大結界全數加固再加固，變得比先前更牢穩數十倍，其中甚至還可以感覺到龍神的些許力量，看來是千冬歲親手重製。

「母親想見見你們。」

千冬歲小心翼翼地開口，主要應該是告知一頭霧水的我，夏碎學長和萊恩、喵喵看上去並不意外，可能昨晚就知道了。

等等，你母親不是……？

我看了看千冬歲，又想到他之前和雪野家主的對話，一時之間有點狐疑。

倒是跟來的哈維恩確認要去的地方沒危險後，很適時地往後一站，看向我：「我在這裡等你回來。」

千冬歲有點感謝地彎出了微笑，給了哈維恩權限讓他可以在房舍內自由走動。

安排好夜妖精後，千冬歲合起手，雙手手掌再次分開時，中心出現一朵微透明的小小雪花，雪花打著旋飄落在地上，打開了白色的傳送圖騰，沒有任何威脅，唯有一抹溫柔的善意，彷彿家人敞開了門扉等待孩子們歸家。

「請進吧。」

與千冬歲一起踏入雪色陣法後，首先感到的是很冷。

我們平常沒事都會開著術法保護，如我身上的老頭公常年自帶一層防護罩，所以氣溫不是很極端的狀況下只會隱約有感，但現在的冷度是超級低溫那種，和冰牙族沒有保護陣法的地方差不多。

接著出現在我們面前的是個相當大的白色空間，不是白到讓人很不舒服的白，是帶點淡淡溫潤、像是玉質般柔軟的白，空間內有幾件精緻祭祀器皿，幾乎沒什麼人味，幾層白色拉門自動地緩緩打開，露出其後延伸的空間，一眼望去，可以明顯看見在盡頭處偌大的楓紅色屏風，與掛於前方架上的同景和服。

「這是……」夏碎學長看著那件和服，有點意外。

不說他意外，我也很意外，因爲這件和服我在某個回憶片段裡見過，是大夫人穿的那件，做工精細，散落在上面的楓葉片栩栩如生，幾乎都快要能夠被風吹起。

「母親獻祭施咒時必須要有大夫人的貼身物品作爲媒介，於是私自冒昧地取來用過的衣飾。」千冬歲略尷尬地解釋了幾句。

屏風後有段距離的盡頭是大片冰壁，原本壁面是霧白色的，我們踏入後就散去遮蔽，顯露出透明的眞貌。冰壁裡鑲著一位極爲美麗的女子，看起來似乎才二十出頭的秀麗面容，穿著繁複的雪色正裝，閉著眼睛、雙手交握呈現祈禱姿態，就這樣把時間凝結在最後那瞬。

我看著同樣很眼熟的女人，確認應該就是那位雪野家的二夫人，但不知道是不是錯覺，隱隱可以感覺她還沒完全消亡，至少身體是「活著」，不是屍體那種毫無生機。

就在我、萊恩和夏碎學長各自若有所思之際，千冬歲領著我們小心翼翼地退到一邊，一陣風颳過大量雪花並送至層層拉門之後，大屏風的後頭突然傳來聲音，接著款款走出一名優雅的女性，完全與冰壁裡的一模一樣，只是額上多了一抹紅痕，美麗無瑕的臉上帶著柔和微笑。

「望月夫人。」夏碎學長一看見來人，微愣了半秒，隨即非常恭敬地行了晚輩禮，我和萊恩、喵喵趕緊依樣畫葫蘆跟進。

「我母親在獻祭月讀尊之前留下一縷殘魂與思念做出借體，但力量很微弱，只能清醒三次。」千冬歲扶著自己的母親，露出孺慕的思念神色。

二夫人看著我們，帶著很和藹的笑顏，然後抬起手摸了摸夏碎學長的臉，動作有著某種說不出的懷念。「長大許多了……千冬歲想去學校時，你們都還沒這麼大呢。」

夏碎學長微微一笑，眼神裡也諸多複雜。

二夫人憂傷地回以笑容，優雅轉向我，長輩般摸摸我的狗頭，「你就是小千的黑色朋友吧，看上去他交了很好的朋友，能跨越種族的隔閡帶至我面前。」

我有點不好意思地低下頭，對方比我看過的那些回憶畫面都還美，甚至看起來脆弱迷濛，都怕開口講話會驚嚇到她。

「望月夫人您好。」喵喵很有禮貌地在女性看向自己時露出燦爛笑容，「喵喵不知道您喜不喜歡這樣的花，所以擅自帶來了，這是鳳凰族特有的雲火花。」

「我很喜歡，謝謝妳與千冬歲做朋友。」二夫人歡喜地摸了摸那束有點微光的緋色花朵，和喵喵說了幾句互相讚美的話語。

我大概看出來了，千冬歲的母親主要邀請的就是他身邊的朋友群……少得有點可憐，千冬歲真該好好多交幾個朋友才行，家庭訪問有點悲傷啊。

美麗的女子最後轉往萊恩，同樣和藹地摸摸對方的頭，一針見血地開口：「辛苦你了，小千一直很任性，身爲搭檔的你是不是吃了很多苦頭？小千是不是經常欺負你？」

萊恩沒有答話，只是斜眼看向千冬歲，後者做賊心虛地僵住。

「嗯？」二夫人美目移回親兒子身上。

「我叫他拆夥去找別人……」千冬歲聲音和腦袋都壓得很低，很委屈，還很自責。

「還有呢？」二夫人微微偏著頭。

千冬歲咬咬下唇，偷偷看向我們，彷彿求助。

我一臉問號，當下沒有理解他的電波。

這時，夏碎學長冷不防開口了——

「他想獻祭自己的生命，放棄一切交換我，在心魔試煉被困住，遭到龍神災厄本性蠱惑與侵蝕，意識不清發狂，打傷了他的搭檔與朋友，召喚噬神濁，最後把龍神力量與生命崩潰了，想和墮神族同歸於盡，並放任邪神碎片侵體，打算毀滅世界。」

千冬歲：「……」

二夫人：「……」

萊恩：「……」

喵喵：「……」

我：「……」

這告狀的畫面和風格怎麼如此眼熟？

還把在場受害者都囊括進去了是怎樣？

我看千冬歲瞬間都石化黑白了，來自於他親哥的正面捅刀，現在別說他內心有黑暗，他根本從內心黑暗變成內心無盡的靠夭深淵了。

千冬歲大概很想買波蘭的機票吧。

二夫人拍拍千冬歲的肩膀，啪啪的兩下有點大聲，隨即轉向夏碎學長，溫柔婉約地開口：「小夏啊，你可以帶幾位小朋友先到旁邊休息嗎？我沉睡太久不了解外界的事情，想先與小千好好地談談。」

「好的，望月夫人。」夏碎學長回以同樣溫和的微笑，然後按著我和萊恩向後一轉，背對廳內的擺飾與冰壁，喵喵也跟著摀住眼睛轉身，和我們一起排排站。

總之我最後一眼是看見二夫人抓住千冬歲的後領把人拖進去拉門後，砰的聲數層拉門重新關起，一層隔音結界唰地布下，萬籟俱寂。

「不要看，不要聽，假裝不知情就好。」夏碎學長對著我們一笑，好像知道後面會發生什麼恐怖的事情。「千冬歲在磨滅理智的幻境裡，似乎忘卻了年幼時望月夫人身爲母親眞正的樣子。」

……

……

因爲看的都是記憶短片，以及受外形影響，我一直覺得二夫人非常柔弱，有點黛玉病美人之類的形象。

原來不是走那種路線嗎！

第十話　警鐘

五分鐘後，千冬歲終於被放出來了，這時候我們也已經聽到夏碎學長描述他弟在五歲時曾經因頑劣不好好養病被二夫人直接掛到樹上的黑歷史。

萊恩有點微妙地看著他絕交中的搭檔，喵喵轉頭去把花插好，但顫抖的身體掩飾不了她正在偷笑的事實。

瞄了眼千冬歲悄悄揉屁股和揉耳朵的動作，我決定把這一幕永遠埋入心底，當作什麼都沒看見，以免哪天千冬歲突然想到，要把知道黑歷史的人滅口。

雖然我也很想請二夫人把夏碎學長拖進去修理一頓，但千冬歲看上去不像會告他哥的狀，甚至可能會幫他哥掩蓋事實；我這個外人直接向人家媽媽抱怨也很怪，一個弄不好說不定會被兄弟男子雙打，於是我決定還是回去煽動學長讓他們進行內戰。

二夫人一揮手，廳內凝結出挑高的木地板與桌椅，一套精緻茶具落在桌面，旁邊則化出溫暖的爐火與正沸騰的茶壺，幾個人於是各自落坐。

得知雪野家發生的一切後，二夫人顯得格外感慨，但並沒有對雪野家主的下場表現得很痛心或遺憾，反而有點恍然大悟的反應。

「……楓姊姊與家主是多年相戀結合的，他們原本感情很好，眞的很好，楓姊姊從未懷疑過家主的話。」二夫人嘆了口氣，憐惜地看著夏碎學長，黑白分明的眼眸裡有瑩瑩點點的淚光，優美的面孔露出懷念與感傷的神色，像是透過夏碎學長在思念著誰。「楓姊姊十分美麗體貼又寬容。我原本的出身只是個不足爲道的小家族，並沒有太高的身分地位，因家族利益與雪野家預言而被迎入，但楓姊姊並不介意我這個外人，一直溫柔照顧著我，我也希望我們能永遠在一起，沒想到會發生這樣的事情……想來我們當時查找不出源頭的那抹怪異便是來自於龍神主的蠱惑與遮掩，這讓整個雪野家的貪婪與扭曲日益增長，就連家主都擺脫不了誘惑，甚至影響了小千的判斷……若是我能力不這麼低微、不被蒙蔽而深深信任家主，當年一起與楓姊姊攜手逃離就好了。」

我想起夏碎學長對雪野家主的質問。

至今，只有家主自己知道與大夫人的相戀到底是不是眞的，以及還有沒有存留原本的那抹愛意了吧。

事到如今各方結果都已底定，講再多還是只剩下無盡的唏噓。

不管再怎麼悔恨，夏碎學長的母親依舊不在了，千冬歲的母親則是獻祭而去，整個雪野家支離破碎，得花上很久的時間才得以恢復，沒有人擁有完美結局，全都傷痕累累、無法彌補。

二夫人握住夏碎學長的雙手，幽幽地說道：「那些年的事情，你們應該差不多都知道了，我唯一的遺憾便是楓姊姊的離去，而後向月讀尊祈願撿拾楓姊姊粉碎的魂靈，月讀尊也回應我的心願，讓我在小千獨立後獻祭我所有的一切作為交換……可惜我力量微薄，楓姊姊的魂靈碎化得過於嚴重，即使能送回安息之地，也必須休養數千百年才可重新成魂……」

夏碎學長淡淡微笑了下，「對此我已知足，希望回歸安息之地後，能夠坦然無悔地面對母親與您，我等待我們重新相聚的那一天。」

「哥……」千冬歲抿了下唇，沒有把後面的話說出來。

二夫人回過頭，朝自己的兒子笑了下。「當初決定獻祭於月讀尊時，你無條件支持母親的私心，甚至替我阻止了外人介入，這麼多年來，辛苦你了。」

千冬歲搖搖頭。

稍微講了幾句讓千冬歲兩兄弟多保重自己、不要再受到委屈傷害的交代後，二夫人才重新導回正題：「這次會請你們來，除了想見見小千認定的朋友們，另外還有雪野家崩潰那日，我留下的一些設置隱隱感受到奇異的預警。」她的目光在我們幾人身上轉過一輪後，繼續說道：

「我有感到可能和小千出生時的一段怪異預言有關係，家主似乎至今都尚未告訴你們？」

「預言？」我們幾個人莫名地互看了一眼。

「小千出生時除了命盤預言以外，其實額外尚有一段話語，因爲過於斷續破碎，家主並沒有記錄在家族事錄上。剛剛聽小千說了發生的事，仔細一想，應該便是對應你們這次的劫難了。」停頓了下，二夫人緩緩地說：「龍之子，二擇一，人之子，二擇一……無可避……警鐘……時間……不足……」

「時間不足？」千冬歲皺起眉。

「是的，這段預言不知道爲何如此，家主幾次請召龍神也得不出所以然，便沒錄入了。現在對應後，應該是與龍神殞落本身有關，所以預言無法成形。」二夫人苦澀地閉了閉眼：「或許也是因爲這段話，家主才選擇……」

「不是的。」夏碎學長溫柔地打斷二夫人的自責：「那人做決定時，這段預言還沒有出現，時間點不同，他一開始就選擇我，不是其他人的錯。」

「唔……聽起來確實很像是這次的事情。」我歪著頭思考，那個二擇一很貼切地講了雪野家族爆炸的因果。不過說到預言，我倒是回想起千冬歲以前也幫我們做過占卜，印象中提過我和夏碎學長會衰小，某方面是很準，後來我們眞的有夠衰小，直接拿到超級無敵靠杯的血淚人生劇本，徹底感受到世界的惡意。

下輩子可以選的話，我不想當人生演員，我想當掐死命運編劇的那個人。

「不過如果是應驗這件事，千冬歲和夏碎學長今後應該不會再受到傷害了吧。」喵喵思考的方向比較陽光，她很認眞地爲在場所有人祈禱了一會兒。「喵喵希望大家之後可以開開心心地生活，不要一直難過了。」

似乎有同樣感慨的二夫人微笑地望著喵喵，「我也這麼希望呢，如果大家能一起幸福生活就好了。」

喵喵用力點頭。

我看著美女們帶著希望的憂愁笑容，惡意地想著不如回去時瞞著千冬歲和夏碎學長走一趟雪野本家補刀，然而大概是不可能瞞過這兩個傢伙，只好作罷。

「夏碎學長出生時沒有嗎？」萊恩突然開口。

二夫人搖頭，「據我所知，小夏只有原先的命盤。」

萊恩垂下眼睫，沒再搭話，似乎若有所思。

二夫人的時間有限，雖然很遺憾，但終究必須分別。

幸好後續喵喵和夏碎學長與二夫人聊得很開心，期間又聽到不少千冬歲小時候的黑歷史，連萊恩都聽得津津有味，處於反省狀態的千冬歲完全無法反抗地被扒出各種童年事故，到最後只能蹲在角落假裝自己聽不見。

大概就是一種「聽不見就表示沒發生」的鴕鳥狀態。

回到庭院時天色已經偏晚，哈維恩正在一個安靜的房間裡，我去叫人時看見他好像在研究古地圖，不過他沒說什麼，一群人便重新轉回醫療班，在請假時限到期前趕緊找各自的治療師報到。

於是，到了幻武鍛靈師來訪的那一日。

❀

我們早早就被通知燄之谷到來的時間和位置，所以準備好後我就帶著哈維恩一起去指定的大廳，代表醫療班的輔長已帶著幾名高階藍袍在聊天，旁邊可以看見學長與夏碎學長在和不認識的黑袍談話，氣氛有點嚴肅所以我不敢過去打擾。

另一邊可以看見千冬歲、喵喵、莉莉亞和萊恩，幾個人的氣氛仍略有尷尬，我想想還是走過去，順便打招呼，有一搭沒一搭地聊了幾句。

不得不說我和哈維恩在這裡滿突兀的，爲了迎接罕見的幻武鍛靈師，幾乎全部人都穿袍級正裝，就連休假中的學長等人都沒例外，我和哈維恩就成了唯二的便服，破壞畫面的完整性。

沒多久，大廳的大型傳送陣法發出火焰色的光芒。

護送鍛靈師的燄之谷隊伍到達了，帶頭的居然還是熟人——阿法帝斯。

因爲掛著燄之谷的身分，我心裡一直覺得來的應該會是狼王他們那種類型的粗獷壯漢，不然就是個性很奔放的狼，所以在同行的阿法帝斯介紹鍛靈師時，還有種是不是帶錯人的感覺。

大概知道我內心在想什麼的阿法帝斯很隨意地掃了眼過來，不冷不熱地說：「這位就是燄之谷的幻武鍛靈師，木栗。」

站在我們面前的幻武鍛靈師一反燄之谷往昔給人的形象，是名瘦瘦小小的老頭，還矮我一顆腦袋，外貌相當不起眼且有點灰撲撲的，連衣服都縐巴巴，似乎剛從哪個地底鑽出的不修邊幅。因爲鍛靈師數量太少，所以大廳外圍聞風而來的人相當多，連醫療班都跑了不少藍袍出來圍觀，如此大陣仗讓這個矮小的老頭呆滯了幾秒，竟然直接縮回阿法帝斯身後，還把斗篷兜帽拉上蓋住了臉。

「……木栗大人有點不喜人多。」阿法帝斯面色不改地讓開身體，沒想到小老頭繼續往他身後躲，還乾脆抓住他的外袍，打算寄居在青年背後了。

——看起來是個社交恐懼狼。

畢竟是在醫療班總部，最後是輔長出面把看熱鬧的人趕走，才讓燄之谷一行人順利進入準備好的東側小別院。我也是第一次逛到醫療班總部比較不同的區域，雖說是小別院，不過根本就是獨立的度假別墅群，幾棟看起來就很好打卡的歐風建築與各自附帶造景的庭院，整個無比奢華，徹底展現了醫療班除了監獄以外，還是有正常到讓人嫉妒的頂級住所。

護送鍛靈師的燄之谷隊伍一共十人，除了領頭的阿法帝斯外，其餘九人我都沒見過，打扮相當俐落整齊，應該是隸屬他的武士隊。

輔長領著大家走進醫療班準備好的獨立建築物大廳，這裡顯然是專門給鍛靈師使用的，周圍放了不少我沒看過的器材，不知道用途是什麼。

阿法帝斯讓手下各自散開執行守衛，才對學長和輔長說：「木栗大人這次會在此停留兩個月，已經與狼王、學院、公會談好，以少主幾人的幻武兵器優先，處理好後剩下的時間讓其他人預約……」

「一次不可以太多人！」小老頭繼續抓著阿法帝斯的背後，聲音微弱又慫慫地丟出他的訴求。

「是的，之後開始預約時，每次進入的陌生人不可以超過五名、不能靠木栗大人過近、不能動手動腳也不能隨意搭話，且須有燄之谷的人員陪同。」阿法帝斯伸手把後面的小老頭抓出來，然而自己的外衣隨著動作差點被對方撕開，於是他只好冷漠地放棄。「木栗大人這些年都在地心深淵做研究，不太習慣過多的人，請給他一些時間適應。」

所以真的就是社交恐懼吧！

我盯著巴不得原地消失的鍛靈師，早先還以爲是因爲擁有驚世的稀有技能，所以可以很囂張地依自己的行程慢慢出發的特例，現在容我修正想像，他們死拖活拖不肯出現，恐怕就是長年宅在家裡失去外交技能，所以才有多久拖多久，打死不肯接觸外人。不過這小老頭莫名有點眼熟，不是以前見過的那種眼熟，是他的外貌輪廓隱約好像某個人。

「木栗是木櫂的兄長。」學長突然補了句。「我也是第一次見到。」

小老頭從阿法帝斯身後露出半張臉，上下打量了我們幾個一會兒，「木櫂說過你們。」眼神對上學長時還出現了謎樣的安慰，最後停在萊恩手上抱著的骷髏。「那個、借……借……」

萊恩默默地把骷髏遞過去，小老頭秒抓住骷髏縮回阿法帝斯身後，半晌小心翼翼地朝萊恩招招手。

說起來，爲什麼他會這麼黏阿法帝斯？不是才剛回燄之谷不久嗎？

我疑惑地看了看阿法帝斯，後者顯然沒有感應到我的疑問電波，更沒打算要幫我解答。

身材較為高大的萊恩想了想，走過去在阿法帝斯身邊蹲下，整個畫面變得有點魔幻，被沾黏的苦主移動了腳步，小老頭跟著繼續躲在他身後的陰影，萊恩也只好跟著移動，最後逼得阿法帝斯沉默地停下腳步，我都可以讀出他沒表情的臉上寫著心死。

輔長大概是發現沒辦法正常溝通，就先讓其他來迎接的高層離開，很快地室內只剩下我們這些人，瞬間空曠許多。

看見人數散掉大半，小老頭終於離開阿法帝斯後面，磨磨蹭蹭地走到設置好的大長桌旁，單手抓住那張我目測至少有幾百公斤的特殊材質重桌拖到角落，重物被怪力單方面拖行的巨響跟著一直線響到角落去，還在地上留下深刻的軌跡。

「……」我看了看學長他們，又看了看阿法帝斯，認真思考我要不要先原地消失一下，這位鍛靈師真的不是普通怕人啊！

小老頭和萊恩在桌角邊窸窸窣窣地低聲講了一陣子的話，我們幾人只好各自先在附近找椅子坐下，帶隊的阿法帝斯沒有把我們驅逐出去就表示留下來的人數尚在小老頭的忍受範圍內，我們一時之間進不去幻武迷交流的世界，於是乖乖等待。

「你和木栗先生很熟啊？」我看著有段時間不見的阿法帝斯，在一片死寂的沉默裡頂著壓力找話題。

眞夭壽，這幾個人平常不聊正事就不能主動一點聊歪事嗎？學長和夏碎學長趁機彼此追究互相傷害甩巴掌也好啊！

大概是察覺我在內心腹誹他，紅色眼睛突然傳來死亡凝視。

幸好阿法帝斯在千百個不願意的表情中還是接了我的話題，「木栗大人曾與公主是忘年之交，這次出行也是指定我護送。」

言下之意應該就是那些年，阿法帝斯跟在公主身邊所以見過幾次鍛靈師，那他記憶力很好啊，都過了這麼久居然還記得對方。

「大概還有所有的座前武士與菁英武士中，只有我沒把他叼起來甩著玩的原因。」阿法帝斯想了想，補了句神祕的話。

……是我想的那種意思嗎？

我再次看向學長，後者一臉嚴肅，然而沒有否認阿法帝斯的話和我猜測的扭曲眼神。

你們燄之谷隨隨便便就把珍貴的幻武鍛靈者叼起來甩著玩的嗎！難怪人家要離家出走讓全世界找不到了喂！想想他甚至還是隻社交恐懼的狼，把他甩著玩還是人嗎！

……

抱歉，他們還眞不是人。

夏碎學長微笑地輕咳了聲：「上次去燄之谷與木樨大人聊天時，無意間有聽過她的兄長狼形天生比較小。」

所以你去燄之谷都和人家套了什麼家常？都套出別人家族家常了！

等等，我記得阿法帝斯的狼形似乎也……沒有很巨大？

是因爲這樣才黏阿法帝斯的嗎？

我突然覺得我搞不好在某方面找到眞相。

雖然對燄之谷的印象已經裂開，但每次聽到他們的生活日常，總是會一裂再裂，這些隱世種族的思考迴路都不太對啊。

不知道自己被賣了八卦的小老頭和萊恩低聲聊了好半天後，終於改成縮在萊恩身後，兩人慢慢地從角落走出來，我看他都快鑽進萊恩的白袍後襬了，本來存在感薄弱的萊恩被搞得突然很有存在感。

幸好鍛靈者還記得他來這裡的主要目的。

「把、把你們的幻武，放上來。」

小老頭伸出手敲了敲桌子，徒手把桌子敲掉一角，沉重的碎片砰的聲掉在地板。「……」

於是他又縮回萊恩的白袍後面了。

最後是萊恩很無奈地被小老頭推著去拿出一些檢查用具與不同顏色的水晶盒子擺到桌面，然後對我們說：「木栗先生要檢查大家的幻武原石，按照順序放到相應的元素盒裡吧。」

萊恩熟知在場幾人的幻武，所以水晶盒也都各有對應，唯有他自己的必須拿一大堆，把他手上所有的幻武兵器原石一一擺放進去，這讓本來躲在桌邊的小老頭再次探出腦袋，盯著數量不少的豆子看。

其實我一直不清楚萊恩實際擁有多少幻武兵器，他時不時就會冒出我沒看過的幻武，種類多到可怕，現在看他的盒子起碼超過二十，就很想問問他平常到底是怎麼和那些幻武溝通的。

「這裡面有許多並沒有締結契約，而是在沉睡，由我確保他們安全。」萊恩注意到大家訝異的目光，很沉穩地開口：「剛剛詢問了，木栗大人同意一併檢查，不過因爲數量多所以你們先。」

「對、對的，有的原石沉眠久了也、也會有問題，算是健康檢查。」木栗乾巴巴地說：「反正不妨礙你們，從少主的先、先拿來。」

學長的幻武之前在幾個戰場受過不一的重創，於是立即遭到小老頭的白眼，木栗心痛地抱著原石盒子低聲抱怨好幾句，那個表情我認得，就和萊恩看見我虐待米納斯一樣，都想把我們的腦袋擼到牆壁上去開個通風口。

木栗一邊抱怨著學長沒有善待兵器，一邊很自然地揪著萊恩開始教學：「你看這是王族兵器，要用特別的方式修復……」

後面就開始講天書，我看學長八成也聽不懂，他一開始還很認眞聽教訓和修復手續，之後有點恍神，被夏碎學長撞了一下才打起精神繼續聽小老頭碎碎唸那些活像某種數理程式結構的東西。比較起來，我看萊恩就聽得很入迷，臉上都浮現出明顯的喜悅了，接著莫名跟著木栗開始走來走去拿材料和描繪術法陣，進行初步整修。

「萊恩果然還是應該好好專心他喜歡的事物。」看著眼前彷彿找到同好並沉迷其中的一老一少，站在旁邊都沒開過口的千冬歲嘆了口氣。「該幫他找個最好的環境和資源。」

「鍛靈師門檻太高了，難啊。」莉莉亞環著手，同樣感嘆。

「喵喵倒是認爲說不定萊恩眞的能堅持下去喔。」比起兩名帶著憂心的友人，喵喵露出微笑：「我們可以陪他一起努力嘛。」

「我也覺得萊恩能。」不知道爲什麼，我隱隱感到萊恩眞的很適合繼續走幻武這條路，光憑他可以帶著那麼多大豆不爆炸就很強，重度偏科這點，可以靠時間來學習彌補吧，就算術法不好，重複記憶個幾十年總是會有效果的。

在我們聊天的同時，大概是很少見到與自己一樣的重度幻武宅，木栗突然拉著萊恩開口：「你、你和我回去吧，我還有、很多幻武，和研究，在我的地盤，我們可以一、一起閉關三百年，沒人找得到。」

「那可不行！」剛剛還說要找環境和資源的千冬歲直接棒打鴛鴦。

最後萊恩也沒答應一起去閉關。

畢竟閉關就沒辦法搶飯糰，而且研究幻武不一定要閉關，只是木栗滿腦子想要關起來不見外人。

小老頭因爲飯糰被拒充滿了委屈，遷怒地又對著學長碎碎唸了老半天，最後判定三天後他才可以來領兵器與進行淬鍊。

接著輪到夏碎學長，木栗看著盒子裡的幻武片刻，皺起眉，這時候他大概是因爲唸了學長兩輪，社交恐懼的結巴緩和許多，又或者是夏碎學長詐欺性的溫柔微笑讓他比較安心，總之講話順多了。「你一直在壓制幻武力量？」

雖然比較順，但講出來的照樣是讓大家很訝異的話，就連千冬歲都一臉驚愕地盯著他哥。

夏碎學長沒反駁，很和善地點頭，「是的，我有一段時間身體狀況不好，加上能力還不足，所以並沒有完全解放過幻武，一直有意識地控制。」

「……難怪你的幻武很不滿。」小老頭說著，又招手讓剛剛用飯糰傷透他心的萊恩檢視並嘗試溝通別人的原石，同時朝夏碎學長說道：「你的幻武沒發揮完整力量，你又一直在死亡邊緣徘徊，他覺得你不信任他，淬鍊後的兵器解放你可能要吃點苦頭。」

「我有預感會捱揍。」夏碎學長一臉雲淡風輕，彷彿他家幻武想揍的不是他。

我很想知道他的幻武會不會眞的揍他，想看、非常想看。

夏碎學長的幻武兵器問題沒有學長多，但因爲須向公會申請特殊材料才能進行淬鍊，於是也得等兩、三天，現在則是先留下放置做進階前的淨化。

喵喵、莉莉亞和千冬歲的也都只有長年戰鬥留下的一些舊有損傷，問題同樣不大，先留置淨化，等材料到齊就可以處理。

接著輪到我，因爲魔龍的來源與形成方式和一般的幻武不同，不過他沒有反對，所以我就把兩顆幻武一併交給木栗。

木栗先看的是黑色的原石，一拿到手就皺起眉，詳細轉看一圈後搖頭遞還給我：「你這不是正常幻武，我所知的在世鍛靈師沒有一個可以處理，他會自行修復和晉等，不須淬鍊。」

「呃……成長型兵器的意思嗎。」其實不太意外，魔龍幾次都是自己掛掉又自己吃飽堅強復活，我覺得他看起來就是一臉會自行升級的樣子，就看他想釋出多少力量給我用了。

鍛靈師想想，點頭算是同意我的說法。「這東西其實、直白地說只是個僞幻武……裡面這位壓縮自己力量，以幻武作爲媒介讓你使用而已，他的本體還在，所以媒介是按照他的意識成長，沒有一般幻武日積月累會有雜質、舊傷的問題。」

魔龍的來源在場至少有一大半人都清楚，聽見木栗這麼判斷，我們倒是眞的全都佩服起這位有社交恐懼的小老頭了。

我隱隱聽見腦袋裡傳來一聲：「算這傢伙有見識。」

不知道魔龍對他的評價，木栗取過米納斯的原石盒子，端詳了一會兒，再次露出一種怪怪的表情看向我，有種我好像在欺騙他感情的意味。

「……？」我與小老頭大眼瞪小眼，一時之間無法讀懂他的意思。

站在一邊的學長突然挑眉，開口：「這不是正常的王族兵器嗎？」

被他這麼一問我也愣了，最早米納斯就是學長送給我的，一直以來我都覺得這兵器好到很特別，自我意識超強還經常自主發動，但我以爲有王族兵器的大家都是這樣的？

小老頭看了看米納斯原石，又看了看我手上的魔龍原石，語出驚人地說：「這兩個都一樣，僞幻武。」

這次我眞的震驚了。

不只我震驚，其他或多或少都見過米納斯的人也很訝異地看向我們，而且我還感受到米納斯自己也很錯愕。

捧著水晶盒子的鍛靈師還在碎碎唸：「第一次看到學生帶著兩顆僞幻武，用這種媒介石的精神力要很強啊，而且很容易會被過強的原體意志反噬……」

「確定這是媒介石？」萊恩愣了半晌很快反應過來，作爲第一個幫我檢查並鑑定過幻武原石的人，他顯得有點驚愕又懊惱，「我竟然沒發現……」

對萊恩很有好感的小老頭立即拍拍白袍，安慰道：「這顆媒介石已經被時間沖刷上千年了，上面覆蓋了歷史沉澱的痕跡，一般很難發現她與其他的幻武不同，她自己都不知道她是媒介石呢。」

接回米納斯，我猶豫地看向露出深思神情的學長，很想問問他米納斯到底是怎麼來的。

學長也意會到我的問號臉，開口：「就和我先前說過的一樣，我想交給我的人應該也不清楚這件事情，我會去回追源頭。」

夏碎學長支著下頷，與在場所有人都意識到同樣的問題：「這也就是說，米納斯小姐很可能……」

有個和魔龍一樣的本體。

然而米納斯原因不明地喪失了記憶，她甚至還認爲自己是個完全的幻武，一直在進行著與其他幻武同樣的工作，更別說到底有沒有本體這件事了。

我想起血靈帶我們去看的石壁，也想起米納斯認得伏水神殿，某種說不出來的詭異感覺瀰漫開來，連米納斯本身都掩不住巨大的疑惑和不安。

萬一米納斯眞的沒死呢？

我腦袋突然一滯，傳來鈍痛，但我很清楚這不是我的問題，是米納斯動搖了。

「……我先出去想一想這件事。」捧著兩顆有點黯淡下來的幻武原石，我向木栗道謝後，在眾人的目光下，匆匆轉身離開。

※

醫療班別院相當安靜。

託庭院夠多的福，我很快找到了一處無人的小花園，停下腳步的同時魔龍和米納斯瞬間出現在我面前，米納斯雖然看上去很冷靜，但我知道她內心相當不安，甚至可能稍微有點崩潰，幻武大豆的力量相當不穩。

「不就是忘了本體在哪嘛，找回來不就好了。」魔龍環著手，雖然不怎麼客氣，不過語氣居然比平常好不少。

「……」米納斯沒有答話。

我轉頭，看向跟在後頭的哈維恩，想聽聽夜妖精的意見。

「沉默森林不太使用幻武兵器，但鍛靈師如果是這麼判斷，那麼表示米納斯小姐的本體還存活著，暫時應該不用擔心安危。」哈維恩想想，認眞地講道：「雖然無法得知發生什麼事情，但轉爲幻武不會是被強逼，我們可以問問鍛靈師是否有回追本體的方式。」

「命是不用擔憂，最慘就像本尊一樣剩點碎骨，妳死絕的話就會變成眞正幻武，沒死才會是媒介石，本尊也有幾個回追的辦法，就算本體被藏了，一個個試過去總會有機會找到。」魔龍難得一堆疑似安慰的話：「就算本尊的方法不管用，那些精靈、獄界的小鬼也都不是省油的燈，弄清楚只是時間的問題。」

米納斯緩緩抬起頭，神色有些黯然消沉地看著我。

「我們一起找。」我露出笑容，看著一直以來溫柔幫助我至今的美麗女性，突然覺得她就

應該要有自己的本體，她從來都是那麼與眾不同。「魔龍這種傢伙我都可以幫他，米納斯就更更更更重要了，無論如何我也一定幫妳找回來，我用心語發誓，妳絕對能夠回去，我們肯定會搞清楚發生什麼事！」

「……好的。」米納斯勾起漂亮的唇，如同以往般優雅又柔軟地微笑了，雖然還是帶著不安，但同意大家的提議。「我相信我們能夠一起找到。」

魔龍勃然大怒：「什麼叫作本尊這種傢伙！」

正想回嗆魔龍幾句轉換氣氛時，我抬起頭，有種說不上來的怪異感覺在這瞬間出現……警鐘？

旁邊的哈維恩幾乎與我同時看向逐漸轉爲陰暗幽黑的天空，夜妖精皺起眉，這讓那種突如其來的不祥感變得更加濃重。

還沒來得及開口，米納斯和魔龍猛地出手，空氣中眨眼凝出大片大片的水幕，立時覆蓋整座別院上空領域。這時的我其實還沒意識到出了什麼事，但本能讓我直接揮出小飛碟將米納斯的力量增強到最大。

下秒，高空綻出一片片像似漣漪般的陣法，帶著微光的各種圖案與線條吃力地緩慢轉動，不少法陣上出現術法力量受損造成的裂痕，接著是穿透花紋的人體平空狠狠砸下，而且數量不少。

米納斯和魔龍大張的水幕接下好幾個鮮血淋漓的人同時，哈維恩也甩出好幾個法術幫忙救人，與此同時，醫療班總部各處衝出不少袍級和駐紮人員，包括原本在室內的學長等人，極速救下幾十名流星般落下的傷者，沒讓他們直接高空彈跳地砸在地面變成肉醬。

這也讓我知道這些人已經傷到完全無法定位好目標位置，只能隨機傳送到醫療班附近——因傷勢過於險惡。水幕和哈維恩一共救下八人，我沒來得及多想，快速運用小飛碟和米納斯強制操控這些重傷患身上的血流，起碼讓他們不至於失血暴斃。

控制血流其實很耗費精神力，就算用小飛碟加強力量還是瞬間把我抽得頭暈眼花，幸好不到半分鐘輔長就出現在花園，幾個治療陣法一張，馬上把傷患們接手過去。轉移傷患後我才有時間打量這些人，花園這八人不全然是公會成員，裡面只有一名紫袍，其餘全都穿著某個種族的特有服飾。

如果我沒看錯，大量落下的人其實都穿著類似的種族衣飾……這是被屠了一整個部落？

「狩人？」哈維恩立刻辨認出這些衣裝特徵。

我猛地一驚，來不及深思，包括學長在內的數名黑袍同時出手穩固上方破碎的陣法，並放出接補的新術法陣強自轉移目的地，讓掉落的重傷患們可以安全落入醫療班。

數秒後，高空的巨大傳送陣法自中心點裂開，一種如高山重落的壓迫感鑽出猙獰的裂縫，狠狠擠壓著空氣，往醫療班總部一點一滴罩下。

我幾乎感受到了無窮無盡的黑暗氣息，帶著強烈凶戾的邪惡硬是撕開被黑袍們聯手控制的大陣。

某種陌生又帶著熟悉的惡意感傳遞而來，快要認出時我卻被怪異的恍惚捕捉，對方可能也注意到我的存在，竟然伸出看不見的手，試圖與我接觸。

慢了一步截斷讓人作嘔的連結，哈維恩已閃身在前架出數道防禦結界，濃稠的黑色潑墨般撞在結界壁上，瞬間污染夜妖精的術法，一隻不懷好意的血色眼睛在我們面前睜開，帶著無數古老又詭異的邪惡語言。

魔龍憤怒的咆哮傳來，那隻眼睛突然被側邊捲出的金色火焰吞噬，充滿戰意的囂狂龍火極速燒熾爆開的黑暗，下秒千冬歲擋在我們前方，別院被割裂的保護結界不知道什麼時候重新讓金焰覆蓋修補。

高空裂縫中傳來冷冷的笑聲。

我下意識往旁邊看，才赫然發現鍛靈者所在的建築物上空竟也有道不明顯、還沒有任何氣息的裂口，幾根黑色爪子從那裡伸出，被盤旋的金火攔下，燙傷似地縮了回去。

咯咯咯的陰冷笑聲持續了幾秒，或許知道自己無法與眾多公會人員抗衡，高空陣法上那道裂縫緩慢地重新縫合起來，將外敵推回另一端。

最後一段細縫重合之前，遠遠地我們看見有個黑色的東西在看不見的邪惡手上被扯碎，一灘白色的液體水花般四濺散開。別院的位置有點遠，我只隱隱分辨出黑色原本是個人形，但支離破碎的一小團東西刻意地朝我們這方向飛過來，撞上了防禦結界，重力加速度讓半張蒼白的臉炸開，連同藍色眼珠爛成一團肉泥，屬於重柳族特有的力量氣息殘弱地沾黏在上面，緩慢而虛弱地逝去。

這是給予公會與白色種族的一個警鐘。

異靈現世了。

《特殊傳說Ⅲ・04》完

番外　傷痕

他們都是註定會死的人。

不過，觸手可及的死亡將會有其意義嗎？

微風吹過綴滿沙金的銀杏樹，一片漆滿璀璨色澤的葉片打著旋，慵慵懶懶地拉出弧度，最終躺落在一枚極爲透明的純淨棋子上。

同樣無色澄透的棋盤散出不怎麼起眼的冰冷霧氣，左右兩側坐著的執子人似乎全然不將這絲極低溫度放在眼中，畢竟他們手上使用的就是同樣材質的透明棋子。

雪野本家破滅之後，他們難得迎來片刻的悠閒時間。

雖然還在醫療班的監視下，不過與近期須生死相搏的危局相比，確實已清閒舒服很多。

「我沒想到原來你還眞的會想要幫我復仇呢。」指腹蹭著冰凝成的透明棋子，藥師寺夏碎似笑非笑地抬起眼眸，看著面前正在低頭思考棋局的友人。

把一身外來力量再次拋出去交付給可憐又倒楣的弟弟之後，他也在沉睡中靠著小白和一些事前設下的術法得知發生過的事，包括他的搭檔那在外人看來相當極端的行動，還有……嗯，他覺得算是可愛的某些舉止。

然而不能笑，否則可能眞的會傷重出不了醫療班。

披著一件白色外套的混血精靈緩慢地抬起頭，銀白色與紅色的髮絲垂落下來，讓本來有點凶惡的視線被遮掩些許，看起來沒那麼具威脅性。然後他說：「這不是廢話嗎，今天如果立場對調，你恐怕已經讓雪野家成爲歷史了。」他從來不懷疑他的搭檔替朋友報仇的能力，可惜這傢伙就是不比照用在自己身上，否則還會被稱爲父親的人耍得團團轉嗎。

夏碎把那片銀杏葉拿起，棋盤上無黑白，滿是一模一樣的透明冰棋，外人來看肯定看不出所以然，只有打發時間的兩人知道棋盤上的走向和對立所屬……醫療班防他們兩個防得可厲害了，連點消遣的用品都吝嗇給予，怕他們拿來當凶器使用，於是他只好讓本體就是凶器的搭檔靠自己的力量製作一套棋盤。

「如果千冬歲還希望雪野家存在的話，恐怕無法成爲歷史。」夏碎噙著淺淺的微笑，把鋪了一層金黃色的葉子放至手邊的茶盤，回手時拎起新的棋，愉悅地放到屬意的點位上。「千冬歲從小被作爲繼承人培養，花了大量心力投注在重整家族上，無法否認的是，即使受到這麼嚴重的傷害，他依舊會有抹滅不掉的責任心。」

若是當時死了可能還好，但活著的話，他那弟弟就躲不過已經根深蒂固的信念——整頓家族，替母親的死與他受到的委屈平反。

這就是所謂世家少主們很悲哀的一點，只要他們是個認眞又負責的孩子，就算遭到背叛，他們還是下意識會憂心家族。

夏碎所在的藥師寺家不像一般家族有這種嚴格的繼承人教育，替身家族的成員太容易死了，他們的責任都很分散，以至於光是可以繼承的備選隨隨便便都可以掏出好幾個。「我已經正式向藥師寺家主呈報了關於母親與雪野家的內情，以及退出繼承人名單，我想藥師寺那邊近期將會封閉起來，慢慢地收納業務，逐漸減少一般替身承擔。」

這件事說起來，還有部分要歸功於眼前的搭檔，在他不知道的時候說動了燄之谷接觸藥師寺家，或許還眞的可以改變很多事情。母親的死亡及很多族人的死亡，足夠讓藥師寺家族看清身爲替身的無力與容易被利用之處，他們也是時候該好好思考在這有著種種術法流通與種族大量交流的時代裡，是否還有必要繼續進行普遍的替身術交易了。

「……我還以爲你會很頑固地堅持替身的存續。」混血精靈落下一子，冷淡地開口。他本來也不喜歡這種替身術，特別是搭檔這些年的狀況他都看在眼裡，並不認爲對方會這麼快就改變念頭，所以對方說出這些話時，他有點小小地意外，還以爲得花更多時間說服這傢伙。

「我不畏死也不後悔選擇，直到現在我還是一樣的想法；當然我同樣認爲在特別的狀況下，替身術依然有其必要。」夏碎輕輕說道：「但選錯確實是件很痛苦的事情，我們都向死而生，死亡離我們如此接近，可是如果手捧的這個死亡，不被期待也不具備我所希望的意義，那麼讓死亡稍微等等，似乎不是壞事。」

混血精靈嗤笑了聲。

「說起來，你怎麼會想和千冬歲一起胡鬧？」撩開掉到眼前的頭髮，夏碎想著得找時間修一下這頭過長的頭髮，至少臉前的得修。

「嗯？」混血精靈懶洋洋地發出單音表示疑問。

「褚告狀說你要拿命換我和千冬歲。」夏碎認爲，他們那個小學弟很可能想看他們兩個互相廝殺。到現在還很不會遮掩表情的妖師學弟臉上精彩地呈現自己的內心，幾乎可以猜到八成他的想法。雖然想提醒他，但是會少掉許多解讀樂趣。

捏碎了夾在指間的冰棋，混血精靈想著是時候把那個不知死活的腦殘妖師揍一頓了。「你弟那幾個朋友是眞心想救他，怕他單獨獻祭會死，寧願分出性命也要保護他……我就沒那麼單純，陪他們裝模作樣試探了兩句，紅龍王就露底了，給的回應相當怪異。」

「……你不夠分量嗎。」那些問答，夏碎是知情的，所以立即知道問題點在哪。

身爲冰牙族與燄之谷的王族，他這位搭檔很可能未來會有足夠力量接下其中一族的王位，更別說爲了讓他活下去，兩個巨大的古老種族付出的是千年的發展與榮耀。

以這些爲前提，夏碎知道他的搭檔歷史地位絕對不凡，很可能會動搖世界，所以才必須讓兩族付出這種恐怖到駭人的代價。

但紅龍王說他的分量不夠，這就是個怪異的疑點了。

「嗯，我刻意又多問了幾句，紅龍王果然說溜嘴，所以我那時就猜到不管要用什麼手段，你和你弟必須想辦法活下來。」混血精靈微微瞇起紅色的眼睛，說出自己當下也非常驚愕的結論：「你們兩個、或是其中一個，很可能和我一樣有著必須承擔的歷史未來，所以不光是我，就連褚加進來，都不足以替換你們。」這大概就是狼神、巫神會積極介入的原因。

巫神甚至還送了醫療班一張加強後的生命修復圖陣呢。

「祂們還想做什麼呢……」夏碎把玩著冰涼的小棋。

彈開手上的冰粉，醒來之後一直在留意友人情緒的混血精靈抿了抿唇，決定還是得踩這個地雷。他有預感，這次不問，對方往後一輩子都不會鬆口了。「你依然動搖嗎？在知道眞相之後。」這句話先前他問過，但是當時眼前的人並沒有回答。

夏碎停下想要落子的動作。

這問題沒完沒了了是吧？

「你總要給我個心理準備，如果我的搭檔哪天必須去黑王麾下的話。」盯著友人穩如泰山、絲毫沒有變動的神色，混血精靈在心中想著，那個腦殘妖師若有他搭檔三分之一的功力，就不至於被一堆人拿來當消遣玩。

「我以爲我已經回答過了。」把棋子按進追咬對方的位置，夏碎淡淡地笑著：「我自救的舉動不算嗎。」

「自救和動搖並不是等號。」混血精靈搖搖頭，「我也經常自救，不過不妨礙我在某些時刻做赴死的決定。」

「……難怪褚最近老是處心積慮想要找人揍你。」夏碎瞇起眼睛，就想往自己搭檔的臉上揮一拳。

這說法簡直就是說我知道要喊救命，但是我還是會去跳崖。

「彼此彼此。」混血精靈冷嗤了聲，眼前的傢伙說得好像自己不在某妖師想揍的名單上。

看對方沒有打算放棄這個話題，夏碎無奈地吁了口氣，緩慢地說：「當年你找我搭檔時，我們有交換過諾言，無論如何，都不會背棄對方的信任——沒錯，我動搖了，在知道眞相之後我確實想過就此沉淪說不定可以放下很多事情，不過那想法只有一瞬，否則我用什麼殺力燒贏邪神碎片。只要你相信我會回來，爬我也得爬回來給你看，你都已經把路帶到我面前了，所以我認爲這點動搖就算在哪天把我內心的黑暗重新挖大，你還是有辦法再把我帶回來。」

混血精靈摸摸鼻子，有種不太好的預感。「你這樣說好像哪天還會爆發。」

「不會了。」夏碎淡淡地笑。「我只要看到始作俑者不好過，那道傷痕就可以好好藏著，盡量不發作。」

而那始作俑者，現在正開始一口口吞下他自己結出的惡果。

※

黑袍搭檔聯繫燄之谷處理後續某些事宜時，他去見了望月夫人。

對於望月夫人所做的事他相當意外，畢竟這些年來完全沒有聽見風聲，就連雪野家大多數人都以爲望月夫人只是身體不好，在隱密處靜養，更別提千冬歲本人的口風很緊，連他的搭檔都不清楚這事。

似乎想要彌補他被謊言遮蔽的殘缺人生般，他得知望月夫人獻祭請月讀尊撿拾母親碎魂，並且成功了。

當年母親慘死，不只身體，連靈魂都被粉碎，年幼的他根本無法保存一絲半點，無能為力的痛苦和懊悔讓他在藥師寺家進行了慘無人道的訓練與強迫開眼，強行提出脆弱的能力，迫使自己站上能夠與其他繼承人並肩的第一線。

所以在知道母親能夠回到安息之地重新溫養魂魄後，他覺得橫亙在心臟上的傷痕減去了不少痛楚。

趁著雪野家元氣大傷還沒緩過來、弟弟還沒做好決定之際，他那晚抽空走了一趟雪野本家現在的據點──因為神鎮山變故，即便殘存的長老們另擇一塊風水寶地想把本家遷移過去，但爛攤子還未收拾完，家主依舊必須暫在神鎮山附近駐居，隨時留意墮龍神死後的怨氣變動程度與善後。

其實墮龍神的這件事情很簡單，除了公會已經協助設下層層結界避免怨氣惡化異變以外，最快的方式就是讓獲取龍子力量的雪野家少主出手，直接再次鎮壓該地，至少可以保證毒沼澤與周圍幾百年的安寧。

然而雪野家的少主目前在外面四處亂跑，避著族人不見，把原本喜迎龍子降臨的神諭家族氣個半死。於是他們只能把念頭打到「另外一位龍子」身上，畢竟外面的謠言一直似真似假地說雪野家這代出了兩名龍子，利用這個謠言迅速壓制了某些蠢蠢欲動勢力的家主，他們並未闢謠。墮龍神是雪野家主的龍主，失去龍神庇護之後別說力量，連聲望都跌落深谷，所以兩名龍子是他當下能握住的兩張最大底牌——就算他明知道長子並不是。

不過這個作爲倒是給了夏碎一個方便，至少他與搭檔突然造訪、不等報備，一路走向家主所在書房的行動完全沒有被人攔下，反而還有兩名長老和顏悅色地跟在旁邊，拋出各種試探性的問話，直到踏入主院範圍才停在圍牆外頭。

「他們是瞎了沒發現你身上的力量不像龍子嗎。」跟著搭檔邁入院子的混血精靈終究是把白眼翻了出來。

「寧可信其有不可信其無吧，兩個總比一個好。」夏碎笑笑地回答。

混血精靈聳聳肩表示不以爲然，然後止步於門外樹下，「去吧。」

對於自己找上門這件事，夏碎認爲在他們登門時消息應該已經傳得滿天飛了，所以在推開書房拉門時，他也毫不意外坐在裡面的男人臉色一點都沒變，甚至桌面朝他的方向都擺設好茶杯，微弱的暖熱煙氣正細細地冒著。

看向曾無比尊重的父親，他覺得有些事情還是變了，例如外表，墮龍神被剿滅後家主失去龍神庇護與力量，原本算年輕的面孔蒼老許多，連兩鬢都發白，顯然沒有少找麻煩的旁系讓他看上去更加心力交瘁。

「打算回來復仇了嗎。」雪野家主冷凜著臉，從容得好像並不在乎被長子秋後算帳。

夏碎帶著沒有溫度的微笑，在「父親」的對面坐下，緩緩開口：「如果時間倒轉，你還是打算犧牲母親嗎？」

原本以爲會先聽見追究破壞天命的事，雪野家主放下手上正在看的紙張，不以爲然地說：「我還是同樣的答案，沒有人能把那些小情小愛擺在大義之前，如果時間倒轉，依舊不知道龍神陷阱，也只有這個辦法可以完善龍神血脈與力量的前提下，是，我還是會再做一次，不論是對楓或是你。」

「比起我們，你更愛家族與你的名譽地位。」夏碎雖然覺得早就猜到是這個答案，但還是覺得傷口處隱隱有點疼痛。

「這就是我與你們這些孩子的差異，我必須想的首要是家族的利益與存續，接著才是私情。」雪野家主停頓了下，繼續說道：「不過龍神主禍印設下陷阱也是不爭的事實，我們沒辦法提前知道神祭是假的，幸好千冬歲已經……」

「你認爲試煉成功了嗎？」端起桌上杯子，夏碎看著冷漠的男人臉上終於出現皺眉表情。

雪野家主看著悠閒自得的長子，覺得對方可能就是帶著報復的心理，雖然無法兩個孩子都成爲龍神之子，不過現在的結果也不算壞了，至少神諭家族可以得到一張被拯救的門票，繼續發展延續下去。

只可惜做到這些的不是他……龍神境暗害雪野家一事他正在往回調查，至少有好幾代的祖先全都殞於這個陷阱，他並不是第一個，證實了這件事後，歷史不會把罪全都歸於他。就算他的龍神主成爲墮龍神，他還是有著龍子之父的名義，他的選擇成就了龍子，所做的沒有錯。

這麼一想，他就鬆口氣。

「如果試煉沒有成功，你弟弟不會是那樣子。」雪野家主還是有點可惜無法兩個孩子都成爲龍子。

夏碎突然笑了起來，有點感嘆地看著「父親」。男人與外面很多人都一樣，認爲千冬歲的試煉是成功的，得到了龍神力量與血脈後，他可憐的弟弟往後會高枕無憂、成爲人上人。可惜他們並不知道事實和他們所想的完全相反。「龍神試煉……失敗了。」

他跟著千冬歲的試煉之路，親眼看著弟弟一點一點死去，只剩將亡的情感支撐他，最後終於被禍印的殘暴力量支配。

「不可能！」雪野家主第一個反應是反駁。

那身強悍又恐怖的力量怎麼看都是成功的象徵。

夏碎搖搖頭，「很可惜，確實是失敗了，否則爲什麼我會在清醒的第一時間趕赴戰場，那是因爲千冬歲在完全崩潰之後，等著你們的會是可以比擬鬼王力量的可怕異變。戰場上有許多我的朋友，我還捨不得千冬歲及其他人爲雪野一族的惡果買單。」龍原本就是種很難死的東西，繼承了心臟與血，即使粉碎成灰，那股怨氣還是會帶著千冬歲成爲另外一種東西。「龍神試煉原本是要鞏固他的精神和身體，以便承受後面的血脈傳承，他並沒有熬過去。」

一次次殺死自己，一遍遍的精神折磨，走到終點之後他的弟弟早就殘破不堪了，該怎麼熬過龍神的血洗。

熬不過的。

隨之而來的就是精神崩潰，再來就是力量用盡的身體崩潰。

最後，重組爲最深沉的黑暗。

「如果沒有成功，千冬歲不可能現在還活著。」雪野家主不自覺捏緊手邊的紙張，稍早前他還在看著上面的文字，是外面傳回次子行蹤的情報。

「所以，我才把我得到的傳承給他啊。」夏碎提醒對方發生過的事，「我不得不說，如果父親您不要多事，這份龍神額外給予的傳承說不定原本我能留著，即便我並不需要……你的那一刀毀了另外一個龍子出世的可能，接著把你們所期望的龍子半毀，從今以後，千冬歲的心中會藏著無法驅逐的陰暗，這就是你親手種下的失敗。」

他從祭龍潭清醒時就知道，千冬歲也意識到試煉失敗了，他不是隨便選個地方躲起來，封鎖祭龍潭除了不讓人打擾以外，還有另個用意——千冬歲不確定心裡的黑暗會不會再次反噬，所以才回到祭龍潭，至少裡面有歷代傳下來的結界可以壓制自己的惡化。

可憐的弟弟當時應該是抱著一有異變就隨時自毀的心態在等他甦醒，幸好最後還是活下來了，某方面得感謝他們的小學弟，不論是幫他帶來木牌或是進入祭龍潭逗千冬歲開口，都讓那孩子把緊繃的心情放鬆不少。

因此看著雪野一族盼望著龍神之子回歸的姿態，夏碎突然覺得相當滑稽。「你殺了我、把黑暗深植在千冬歲心中，讓他往後都必須活在陰影之下，就是因爲你認爲你的大義之前不需要私情，以及你那自以爲是的種種動作。可惜如果今天我們兄弟無傷無損地一起通過龍神試煉、一起抗衡墮龍神，所有的情勢都將會不同，那麼你的大義是眞正的大義嗎？在你最重要的家族利益面前，你所做的是正確的嗎？你導致的結果是毀了兩名龍神之子，你怎麼會認爲你沒有錯呢？」

「你……」雪野家主突然覺得長子的逼問讓他有點喘不過氣。同時，他也意識到長子所說的嚴重性，如果家族知道龍子存在瑕疵……

「喔不，我想應該將時間點再往前提一點。」夏碎把玩著手上的茶杯，原本溫熱的茶水不知不覺已經涼透，就像他曾冀望過眼前男人親情的心情。「我能夠原諒你想要力量而剝奪我的天命，但如果今天母親沒死，望月夫人也還活著，我和千冬歲就像一般兄弟好好地攜手成長，一個小小的龍神試煉算什麼呢？你所謂的大義清除了你的兩位妻子，毀掉了你兩名兒子成為完整龍子的可能性，在雪野家的家史上，你認為記載你的文字會怎麼寫？當然，你可以繼續推給墮龍神的陷害，不過你覺得你不會被印上毀損龍子的罪人兩字嗎？而今千冬歲帶著黑暗，你敢發誓他未來不會有影響嗎？承認吧，你從頭至尾的決定都不是正確的大義，就連你剝奪的天命都註定不為你所用，你認為的大義很失敗。」

被刺了一刀的心臟至今隱隱疼痛。

就像千冬歲一樣，他也被埋入更多的黑暗，他們兩兄弟往後都逃離不了這道傷痕。

這一切都是源自於所謂的「大義」。

盯著依然帶著笑容的長子，雪野家主沉默了很久，空氣死寂得彷彿可以讓人窒息而死，他緩慢攤平手邊的紙張，才冷冷開口：「雪野家沒有選擇，去除墮龍神的陷阱不說，就算千冬歲是失敗的龍子，但他依舊是萬裡選一的龍子，神諭家族只有他成功完善血脈，光是這點就足夠震懾那些更沒資格的小丑。」

「嗯，所以爲了你們的『家族希望』，父親你就盡你所能，好好地幫千冬歲把他的前路都掃蕩乾淨吧，就算他最後的選擇是放棄這個位子，你也不能讓任何可能冒出來的雪野族人阻礙他，即使是幾句閒言閒語，最好也都別出現。」夏碎把手上的杯子放回桌面，笑容溫柔，「外人不知道龍神試煉及內情，而我的立場也不希望其他人利用千冬歲的黑暗對付他，不過你如果不願意，我想也只能公布所有的事實。」

「……作爲保密的代價，就是成爲清除你弟弟未來所有障礙的幫手嗎？」雪野家主突然意識到眼前長子的來意了，原來是想幫小兒子獲得更乾淨的前路。

「不是喔，清除僅是個附帶條件，如果千冬歲有其他的需要你也得幫他完成，作爲殺人凶手的代價，未來您可要日日夜夜提防我心情不好的那天，說不定就讓您的大義與罪名永流傳，如果因此動搖雪野家的根基與存續，那我也沒辦法了……又或者我那時候會見獵心喜，跟著落井下石把您最在意的家族連根拔起。」

夏碎並不覺得自己是來找什麼幫手，而是來收取他們兄弟應有的代價，人走茶涼之後，他不認爲還能得到所謂的父子親情。說到底，他仍然仁慈了，母親曾眞正愛過的人不能殺掉也不能讓他有個相應的可怕下場，必須留著一條命，使他忌憚著走完這段生命。

「你──！」雪野家主終於變了臉色，很大一部分是被長子的忤逆氣出來的，父子自此撕破臉，但沒想到對方居然還想把他當狗替小兒子看一輩子門。他咬了咬牙，默默地把憤怒壓下，嘲諷地說：「不過就是個命薄的棄子，你認爲驅使我毫無風險嗎？」

「首先，我的搭檔是位黑袍，冰牙與燄之谷的後人。」夏碎看了眼身後的門扉，相當誠懇地笑著：「我則是通過公會層層考驗的正式紫袍，弟弟是龍神之子，身邊還有位妖師學弟，我想我會很榮幸向他們甚至相關的背後勢力求助，然後接受保護，您儘管試試您帶來的風險吧，畢竟我已經被您殺了兩次，不介意您試第三次。」

有時候狐假虎威也是種滿愉快的體驗。

「……」雪野家主看著對方諷刺自己的惡意行爲，還對此咬定不鬆口，緩緩吸了口氣把所有憤怒再次壓到理智後。他確實沒辦法反駁長子的說法，家史不能記錄他手中出現失敗的龍子，也不能知道第二個龍子毀去的消息。所以他只能無謂地反向冷言回刺這名長子，「事情至今都已結束底定，時間與過去不可逆，你做這些事對你又有什麼好處，就算你不認同父親做過的這一切，但你還是流有雪野家的血液，家族衰敗對你而言並非好事，你眞的要兩敗俱傷？」

「好處？兩敗俱傷？」夏碎帶著溫柔似水的笑意，慢慢向前傾身，輕輕地拉下領口，暴露在空氣的胸口皮膚上有著一道明顯傷痕。「我很痛啊，父親。」

刺穿心臟的疤痕無法抹除。

可能是那傷包含了太多怨恨和痛苦，無論醫療班用了多好的藥，這道傷疤始終沒有消失，靜靜蟄伏在皮膚上，帶著疼痛，無時無刻提醒他發生過的所有。

「原本對我來說，就是面對死亡都不容易感到痛楚，所以作爲替身的我從來不畏懼死，可是這道傷卻比死還要痛很多。」

「我想通了，傷害千冬歲的我也有罪，但是這份痛楚我不想自己承擔，也不應該自己承擔，您就抱著您不能告訴他人的大義，和我一起永遠痛下去吧。」

「畢竟，殺了許多次妻子與孩子的您，總得比我們更疼痛才行啊。」

※

混血精靈打了個哈欠。

等待搭檔的時間並不短，來的時候他已經有心理準備，於是一邊等人一邊處理些手上的事務，包括他們身上莫名其妙的銀滴來源。

燄之谷方面否認了，他想來想去，應該還是冰牙族那邊比較有可能，畢竟精靈比起炎狼更常在時空遊走，不過精靈們回應並沒有人使用那種珍貴物品，倒是大王子那裡傳來了消息，在他們與狼王無法趕回時，就像燄之谷得到消息後傳遞給狼神請求協助，大王子也用了自己的方式尋找友人幫忙。

不過他的友人在當時並沒有出面，可能是拒絕了幫助不相干的外族事物，所以大王子覺得銀滴也與他們不相干。

這麼一來，事情又回到原點了。

所有已知的人裡，他只知道有個垃圾鬼族擁有銀滴，不久前還拿來威脅過冰牙族的大王子。但那個鬼族不可能這麼好心扮演救世主，更別提深藏功與名這種事情，那東西肯定會提出讓人覺得「還是殺掉他吧」的條件，才願意動手救人。

看了眼緊閉的書房門扉，他突然想起很久之前他也陪著紫袍搭檔來拜訪過雪野家主，那時還是一場父慈子孝的感人戲碼，沒想到多年後所有假面都被撕開，只留給這對兄弟不堪的眞實。他那個搭檔一直都是個把心情藏起來的傢伙，但藏著不代表不會痛苦……他是覺得，先把雪野家主揍一頓會比較紓壓，坐下來談判什麼的太過便宜男人了，至少要讓他嘗嘗皮肉痛吧。

果然還是要找時間往雪野一族捅幾刀，讓他們產業內縮，剮掉幾塊血肉痛死他們。

有點出神地想著要怎麼避開友人凌虐這個沒道理的臭家族時，後方的門終於打開，一身深色衣袍的搭檔走出來，似笑非笑地看了他一眼，步伐優雅規律地走過來。

「如何？」混血精靈等到對方靠近後才發問。

花了好半天時間終於把想要的訊息都帶出來的夏碎唔了聲，「看重自己臉皮與地位的人果然很好對付……先離開這裡吧。」他可以感覺到院落外有些好事之徒正在等待，他們想知道龍子的眞僞，還有他回來的目的及家主的態度，不過他一個外姓人沒有義務滿足這些人。

兩人旋身離開寧靜的院子，才踏出範圍，馬上就有幾名主事者與長老包圍過來，臉上帶著試探性的友善笑容。

「我不是龍子，沒有繼承力量。」夏碎言簡意賅地打碎了這些人臉上虛假的笑。

果然這些人很快就讓出一條路，讓他們順利離開，臨走前還聽到不知道是誰的抱怨，不屑的語氣隨著風帶來了幾個字：「……果然廢物還是廢物……」

混血精靈皺起眉，冰霜掃過去把那群人瞬間凍結。

夏碎好笑地看了眼高聳的冰牆，反正這種程度死不了人，那些主事者如果被凍個幾小時就會沒命，還是趁早退位比較好。

雖然這些人被凍住了，不過消息還是在家族高層裡面傳出去，所以在兩人離開的同時，某些沒上過戰場的人心中都有著與那幾名主事者類似的想法。

這段時間家主用兩個龍神之子的名號打壓不少想冒頭的人，得知龍神之子只有一名後，壓力大減，現在也是時候追究一下墮龍神事件的責任了。

古老家族裡會發生什麼樣子的惡鬥變化夏碎並不關心，這方面他還是很信任雪野家主，有辦法隻手遮天這麼多年瞞過長老們與雪谷地，兩名妻子的變故都不被人所知，表示雪野家主還是很有一套辦法。

現在那套辦法就得拿出來幫他弟弟鋪路。

遠離了無聊的權力鬥爭中心，兩人找了間小茶店歇息，也是短時間偷懶，暫時躲避一下醫療班的緊迫盯人。

「家主其實有發現墮龍神對他的影響。」把玩著粗糙的小茶杯，夏碎想著兩人之後的對話，撕破臉攤牌後，問事情就方便多了，男人已經徹底明白他就是想把自己的腦袋按下臣服，往後只能聽他們兄弟的話，於是說起話來也懶得繼續遮掩，反正兩人都心知肚明沒有什麼父子溫情了，不想浪費時間互相噁心。

小茶店的老闆是名老婦人，頭髮全白了，不過身上有點妖精的混血，讓她看上去仍相當有精神，步伐很穩地端來一盤茶點，不算精緻的菓子帶點淡淡香氣，與茶水的味道很搭。

混血精靈叼了顆小巧的菓子，試圖不去想他的搭檔關上門後釋放怒火的可怕景象，然後覺得雪野家主大概是有幸見識到他搭檔徹底發飆的第一人。「和你之前的猜測差不多。」來雪野家之前他的搭檔提出了不少設想，如果楓夫人早期與家主的感情是眞，那後來會做出那些舉動就不脫是被墮龍神影響，慢慢地失去對妻子的愛，把原本的執念變成不可反抗的固執——家主本人知道這個影響，卻任由事態發生。

也許他就是希望自己成爲雪野家的救世主，在家史上留下輝煌的一筆。

爲了這個逐漸擴大的野心，他最終屈服於墮龍神的誘惑，心甘情願地被禍印利用。

「所以我不會原諒他。」夏碎靠在一邊的扶手上，「只是果然會難過，我多年前失去了母親，在今天連父親也失去了。」雖然有心理準備，不過徹底成爲仇人的瞬間，心臟還是不免地微微發痛。

「……你乖。」混血精靈有點不知道怎麼安慰笑著說這些話的友人，而且總覺得雖然對方很傷心，但說錯話可能會被他拿來當轉移傷心的消遣。「喜歡的話，你可以去認狼王當義父。」反正燄之谷那些老傢伙們都很護短，也對夏碎印象很好，不就是父親嗎，一打乾爸爸都可以讓他認。

「那你以後要叫我什麼。」夏碎有點好笑地看著自己的搭檔。

「……」忘記還有輩分這回事。混血精靈嘖了聲：「換阿法帝斯吧。」

夏碎有感那位狼族菁英武士可能會在他們看不見的地方重重地打噴嚏。

「話說，雪野家主有件事我想我們應該要特別注意。」跳過認乾爹的話題，夏碎瞇起眼，轉回了原本的正題。「雪野家主執著想要龍子，除了家族的固化思想以外，他似乎非常肯定雪野家在這一代一定會出現敗落，所以更需要龍子現世拯救。」

「是敗落了沒錯。」混血精靈想著雪野本家現今的慘況，不覺得那個想法哪裡有問題。

「怪異處就在這裡了，本家與神鎮山的災厄並不在他的意料中。」夏碎搖頭，逼問雪野家主這些情報時他就覺得異常。「神諭之所每隔一段時間都會進行家族卜卦，這麼嚴重的劫難不可能不出現在卦象預警裡，讓整個本家毫無防備被打個措手不及。雪野家主也是自信於沒有大事會發生，才對千冬歲使出這麼極端的手段，甚至還舉辦了觀禮邀請眾多外人到本家。」

「等等，雪谷地好像也不知情。」混血精靈皺起眉，他去闖雪谷地時，雪谷地只來個大長老和他去雪野家，擅於和神靈溝通的神巫一族竟然也沒有預料到雪野本家的嚴重變故嗎？

兩人互看了眼，彼此都有著相同的疑問。

遠在神界的墮龍神有辦法長期把所有卦象預警遮蔽掉嗎？

如果這場變動不是雪野家主原先認知的敗落，那麼真正會發生的敗落又是在哪個時間點？

「神諭家族沒辦法占卜出來的變化嗎……」夏碎不由自主地握緊了小茶杯，某種詭異又不舒服的感覺浮上來，就像個警示。

讓他更介意的是，臨走前雪野家主冷冷地告訴他：「我還是那句話，爲了家族，無論是什麼辦法我都會去試，我們的時間不夠了。」

時間不夠嗎？

夏碎在望月夫人那邊也聽過類似的話。

「扣除掉墮龍神遮掩天機的可能，那麼就是所發生的事情將嚴重涉及到歷史軌跡，所以有機率不能占卜。」混血精靈想了一會兒，開口：「例如黑王、例如我的父母，他們後來都成爲推動歷史軌跡的存在，所以很多變故在當時都沒有出現預警。」

這也是個解釋。

不過眞相如何，大概還得花一番工夫去查吧。

盯著出神的紫袍搭檔，混血精靈在變冷的杯子上彈了下，茶水再次溫熱起來，溢出微弱的香氣。「身爲搭檔，我應該恭喜你，剪掉那些有的沒有的束縛，以後你可以多過點眞正想要的生活了。」替身術既然已經沒了，雪野家和藥師寺家的破事也暫且告一段落，雖然過程很辛苦，然而現在等著友人的是自由。

「按照傳統的說法，我現在對未來很茫然，好像失去了目標。」夏碎帶著無辜的表情說道。

「……別鬧了。」混血精靈感到無言。誰都會失去目標，就他搭檔不可能。

夏碎好笑地放下小杯子。

「首先就是先勸你不必去找雪野家報復，浪費時間精神，他們自己會內部消耗。」一眼看出搭檔磨刀霍霍的打算，他說道：「接著就和你一樣吧，既然我們都很可能肩負了所謂的歷史任務，那便和先前沒有不同，不論將來會發生什麼事情，我們依舊同進退。」

生命總有一天還是會消逝，不論是早或晚。

他只是稍稍延長了這個過程。

「唉，你們這麼保護我，以後有了靠山，我可能會變得比以前還要任性。」按了按藏在衣服下的傷痕，他淡淡地笑。

「隨你。」混血精靈倒不覺得有什麼不好。

夏碎覺得稍微有點釋懷了。

他們都是向死而生的人。

每個生命也都是向死而生。

持續步向終點的路上崎嶇難行，一道道傷痕雨般地落下，沒有人能夠在旅途中避開傷害。

或是像他的搭檔揹負著歷史遺留的痛苦。

或是像他弟弟扛著家族沉重難解的包袱。

或是像他學弟帶有無法去除的原罪烙印。

他失去了許多，錯誤的選擇成爲笑話，至死不移的信念遭到踐踏，身世是無法原諒的欺騙，不再擁有尋常父母的親情，隨時可能吞噬他的黑暗將永遠常駐心中；然而掙扎活下來後，摀著那道傷痕，他才發現原來自己還是能夠笑著繼續走下去。

因爲圍繞在身邊的人會帶來讓他能夠前行的道路。

那麼，他就有勇氣繼續帶著傷痕往前而行。

〈傷痕〉完

特殊傳說 III
THE UNIQUE LEGEND

Gaea

GAEA

特殊傳說 特典
DAY
NIGHT
晝夜循環 04
護玄——著

《晝夜循環》屬於不同世界番外。

與《特殊傳說》本傳劇情無任何關係，純屬「假如他們在另一個世界」會如何歡樂生活的平行文。

請帶著一顆被洗腦過後什麼都不記得的心服用本文。

07. 想換工作

自從在餐廳與兩位同學聊過之後，褚冥漾隔天就特別注意兩人的另外一位朋友。

認真一看對方其實外表還很出色，而且身材算高挑，但是莫名存在感有點低，老是讓人忽略他在場，特別關注之後才發現他真的一直和千冬歲一起行動，連早晨到校進教室幾乎都是兩人一起。

萊恩．史凱爾，十六歲，原校直升學生。

大清早，這位很常被忘記存在的同學把手上的花提袋放在褚冥漾桌上，一陣古早味飯糰的味道飄過來，同時把他嚇了一大跳。

「早啊漾！」千冬歲放下自己的書包就走過來，坐在前桌還沒到校同學的空位，順手接過萊恩遞給兩人的飲料。「吃早餐了嗎？這家飯糰滿好吃的，每天早上都有二十個限定版，嚐看看。」

褚冥漾呆滯地接過旁側高大同學莫名其妙塞給他的米漿，愣愣看著自己桌面上超大一袋飯糰——真的是一大袋，目測裡面最少有十個，可怕的是其中五個特別大，直徑至少二十公分起

跳。經由友人的介紹，他立刻知道最大的那五個就是傳說中的限定版，裡面塞了滿滿的炸雞排或炸豬排，號稱會讓人飽到吐出來。

因爲老媽在家會煮早餐，所以褚冥漾當然是吃過早餐才出門的，現在看見這一袋甩起來可以打爆人頭的飯糰們，就覺得肚子有夠脹。

「吃個？」萊恩拉了椅子在桌邊坐下，然後戳開自己手上的豆漿杯。「還是你要豆漿？」

「呃我米漿就可以了，感謝。」褚冥漾連忙戳了米漿杯，一股濃郁香氣撲鼻傳來，光聞就覺得這杯米漿可能很厲害。「這飯糰也太大……」而且爲什麼是找他吃飯糰？還有這兩人今天進教室的時間好像偏早，平常兩人都是早自習快打鐘前一分鐘才進來，也沒看過他們在教室裡吃早餐。

千冬歲很熟練地從一堆飯糰裡翻找出最小顆的，分了一半遞給狀況外的褚冥漾。「口味眞的不錯，平常我們都在外面吃完才進來，萊恩說想認識你，所以今天直接提早進來吃了。」

原來還是專程找他吃早餐的嗎？

這是什麼早餐交誼？

褚冥漾雖然不知道對方爲什麼會特別想認識他，不過在兩人的好意下還是接過半顆飯糰。

千冬歲可能看出他已經吃過了，給的飯很少，不過裡面的餡料分得很均勻，多汁的雞肉裸露在

外，看起來白皙可口，光聞香氣就讓他不由自主地咬下去，瞬間感受到鮮美柔軟的味道口感在口腔裡炸開，雞汁鋪滿舌頭，都快捨不得直接吞下去。

眞的很好吃。

萊恩看著剛認識的同學一臉驚艷，覺得很滿意，就拿了顆巨大飯糰開始吃起來。

本來以爲古早味飯糰大概就是那個味道，意外被美味到的褚冥漾很快吃完半個飯糰後，感到自己好像又有點餓了，幸好萊恩人很好地再遞了個給他，這次是比較傳統的內餡，不過調味一樣很好，連米飯都帶著香氣，吃著吃著就覺得有奇怪的幸福感。

爲什麼這麼會做內餡和煮米的人跑去開飯糰店呢？

褚冥漾感到世界之謎，不過不妨礙他把那顆完整的飯糰吃完，接著覺得胃脹到差點裂開。

美食的欺騙性太可怕了，會讓人笑著死亡。

原本以爲這麼大一袋飯糰可能會吃很久或是留到中午，沒想到大概十分鐘就被清掉三分之二。千冬歲食量不算小褚冥漾是知道的，畢竟一起打工看過他吃晚餐，但是可怕的是面不改色把巨大飯糰快速塞進肚子裡面的萊恩，讓他無比想摸看看對方平坦的肚皮。

皮下面是異度空間嗎？

褚冥漾很想拿起手機幫他錄個影片放到社群網站。

對方的吃法還不是狼吞虎嚥，吃相莫名好看，食物就這樣一直消失……果然喉嚨還是通往異度空間吧？

「你有沒有考慮去開個大胃王吃播什麼的？」看同學面不改色、一臉優雅，褚冥漾忍不住發問。

萊恩頓了下，捧著大大的飯糰一臉疑問。

「他一天到晚都吃飯糰，太挑食了頻道應該馬上會倒。」千冬歲搖搖頭，不覺得有人會想要看幾百種吃飯糰的姿勢，不過還是對友人解釋了一下網路大胃王。

「……不開。」搞懂是什麼之後，萊恩想也不想直接拒絕。

「可惜，訂閱多好像可以賺錢。」褚冥漾覺得搞不好還會接到什麼飯糰的業配，可以把飯糰吃成這樣的人不多了，至少他沒看過。

把手上的飯糰吃完後，萊恩才開口回應：「我平常也有打工，夠用了。」重點是他覺得吃飯糰是種享受，要尊重飯糰，全神貫注地吃完，不想爲了吃給別人看而吃。

褚冥漾想起千冬歲說過這位同學在親戚家打工。

早一步吃飽的千冬歲正在擦手，順便整理桌上喝光的空杯。「萊恩他們家族世代是做保鑣的，幾個親戚分別有高級保安人員和保全等相關產業，他目前在親戚那邊幫忙訓練新進人員，

薪水比我們在餐廳打工高很多。」

「……？」褚冥漾很認眞思考耳朵有沒有聽錯，正在啃飯糰的同學不是被訓練的人員，而是訓練別人的人員？

「對，他是訓練教官。」千冬歲拍拍震驚的打工同事。「他們家族從小就開始進行各種專業訓練和戰鬥技，你想聽聽看他國中在學校被不長眼睛的學長和外校流氓勒索時發生什麼事情嗎。」

「流氓死了嗎？」褚冥漾覺得有點抖，怕怕地看著正在吃飯糰的殺人凶器。他還以爲打工的學長會揍人就是一種凶器，沒想到高手在民間，沉默地吃著古早味飯糰和喝第二杯豆漿。

「人沒死，心死了。」千冬歲覺得那一屆眞是和平，自從那些黨派見識過萊恩一人撂倒眾人的殺人技之後。

不管是校內不良學生還是校外流氓都不是長年接受嚴格訓練的專家的對手，二十條雜魚一樣是雜魚，一拳下去直接躺在地上爬不起來，後來驚動校方，還把那些想要群毆人反被打包掛起來滴水的蠢蛋們記了大過。

知情的校方當然不會公開萊恩的背景，那些捱揍不甘心還想找校外人士報復的傢伙們來來去去幾輪遭到前所未有的震撼教育後，就徹底乖了。

「他們很討厭。」萊恩說了自己的感想，「讓飯糰無法在最新鮮的賞味時間好好被吃完。」

「？」那些人被揍的原因是這個嗎？褚冥漾覺得很迷惑。

高手的想法是什麼，死老百姓果然不懂。

唯一可以確定的是他對飯糰是眞心的。

「所以你們都在餐廳打工了嗎？」

把桌面上的飯糰用驚人速度全塞到肚子裡後，萊恩終於認眞開口：「那我也辭職一起去餐廳打工。」

「欸等等，你教官的薪水不是比較高嗎？」褚冥漾雖然不知道那種職業的薪水是多少，不過專業人員的錢應該都很多吧！突然下降跑去做廉價勞工是正確的嗎？

萊恩歪頭想了想，先點了頭，然後說：「比較高，不過你們都在那邊，就一起工作。」

褚冥漾覺得這邏輯聽不懂。

「先不用去，如果客人死了怎麼辦。」千冬歲意識到那家餐廳有每天都會變換的菜單和餐

盒，如果推出飯糰，他覺得糟蹋食物的客人可能會用餐當天變成忌日；本來他是覺得一起去打工也不錯，但想到這點發現很危險。

「客人爲什麼會死？」褚冥漾倒抽了一口氣，覺得他們討論的問題好像不對勁。

本來有點興致勃勃的萊恩垂下肩膀，看起來有點像被拒絕帶出門的大型犬，周邊出現了詭異的可憐氛圍。

「大家早呀！」

還沒討論出爲什麼客人會死，開朗的聲音打斷三個男生的飯後聊天，這時候教室已經進來了幾名同學，大聲打招呼的是剛進門的米可蕥，笑容燦爛地很快往他們這邊走過來，熟練地從旁邊拉了張椅子在褚冥漾桌邊坐下。「你們在聊什麼啊？萊恩要一起來打工嗎？」

「不行，他可能會殺人。」千冬歲神色凝重地說：「除非你們不推出飯糰套餐。」

「爲什麼不推出飯糰套餐？你們對飯糰有意見嗎？」萊恩憤慨地抗議。

「？」宛若被夾在麻將桌上的褚冥漾一臉問號。

「沒關係吧？反正學長和希克斯平常就在殺人了，之前桌子都被菜刀劈壞了呢，多一個萊恩殺人也可以的呦。」米可蕥用天眞可愛的表情說出了讓狀況外的新同學渾身一抖的話。「不過萊恩本來的工作錢很多的，改去餐廳好像也不好……唔……」

「？」所以說餐廳殺人是怎麼回事？那個桌子被菜刀劈壞又是怎麼回事？

褚冥漾感到跟不上幾位同學的思考，於是開始懷疑自己是不是眞的和社會脫節，竟然聽不懂時下年輕高中生們的對話。

還沒得到餐廳發生過凶案的解釋，更多同學已進入教室，所以這個聊天就被中斷了，幾個人紛紛回到自己的位子，只留下大混亂的褚冥漾在原位瑟瑟發抖。

萊恩和千冬歲同桌，兩個人倒沒有什麼要避諱的問題。

仍想去餐廳打工的萊恩撥通手機給親戚說了一下要辭職，親戚馬上發出尖叫聲。

「不行！你現在辭職誰要接你的工作！」有求於姪子的親戚大抗議。開玩笑，直系出來的子弟個個都是菁英，比他們自己外聘的教官還要好，如果不是因爲學生身分只能下課來幫忙，他眞的很想厚臉皮把小孩多留一陣子。

萊恩想了想，「叫丹恩去。」他弟弟也是出手能揍、出腳能踹的佼佼者，把那些新進人員打得哀爸叫母應該不會太難，而且丹恩年紀比較小，把人打成豬頭更有震懾力。

「不行，丹恩說他哥如果是要跟那個誰跑了的話，他絕對不接你的工作……所以說那個誰是誰？你眞的跟那個誰跑了嗎？」親戚還眞不知道那個誰是誰，因爲丹恩那小子的原話就是這樣，沒通靈鬼才知道小屁孩是在說什麼東西。

「……」萊恩覺得自己怎麼知道那個誰是誰。下意識看了一下正在翻書本的千冬歲，他繼續跟親戚說：「小孩子說笑話，別當眞。」

「不不不，丹恩的合作條件上第一條就是寫這個，白紙黑字還特別加粗放大用紅筆圈起來，你叔叔阿姨舅舅嬸嬸姑媽姑婆叔公舅公拿到的全都一樣，你要是想跟那個誰跑了，就眞的沒人接你的工作，你還是別跟那個誰跑了吧，不然你弟弟就要跑了。」親戚苦口婆心地勸道，順便告訴姪子他弟弟不是在說笑話。

「……」這個弟弟還是讓他跑了吧。

因爲親戚的哀號聲音不小，所以坐在旁邊的千冬歲其實聽得一清二楚，然後他對著友人指指自己，一臉疑惑，無聲地用嘴形：「那個誰？」他是知道丹恩不喜歡他，不過居然還討厭到直接幫他的名字換了三個字。

「我想出去體驗不同的人生。」萊恩決定換個方式和親戚好好說話。

「去餐廳體驗人生嗎？客人死了怎麼辦？」親戚也知道這個姪子的發火點長什麼樣子。有本事那家餐廳就不要出現飯糰啊！不然伴隨著飯糰而來的就是人命！

「……？」遭到吐槽的萊恩感到委屈。爲什麼今天大家都要用客人會死的理由來回絕他換個地方打工？

「萊恩，你好好聽叔叔說，你想想，如果你在餐廳打工時，發現客人把飯糰吃了一半而且還用湯匙搗碎壓扁，就不吃了，得浪費丟掉，你會有什麼感覺？」親戚認眞提出現實問題。

「他如果不吃完就別想離開桌子一步。」萊恩沉下臉，嚴肅地說：「任何侮辱飯糰的人都必須對飯糰懺悔，我不會讓他帶著罪惡逃走。」

「……對嘛，那他不吃完你還會讓他活著出來嗎。」親戚有點滄桑地想著那幅畫面，別人他不知道，不過這姪子眞的會幹出這種事情，所以他們訓練中心的餐廳都不敢隨便推出飯糰類的餐點，他怕不知情的員工會死，雖然他們的員工很抗揍，但是被小孩因爲飯糰痛揍會很有陰影的啊！光想都覺得胃痛，所以他又繼續提出另個模擬畫面：「接著另外一桌客人如果有個小屁孩不好好吃飯，把飯糰丟到桌子甚至地上，你會有什麼反應？」

「小孩殘害飯糰與大人同罪。」萊恩皺眉。

「所以你不能去餐廳工作啊，聽叔叔的話，你如果對餐廳有興趣，可以在訓練中心的餐廳玩，至少我們的學員打不死。」親戚忍痛賣掉手下員工們，避免把猛獅放出去百姓之間。

「我不要去訓練中心的餐廳。」萊恩還想抗議，不過早自習的鐘聲響了，他也只能乖乖先把手機掛掉。

千冬歲忍笑咳了聲，拍拍友人的肩膀聊表安慰，「不然你還是別換工作吧，想來的話我多

給你一些折價券，有空一起吃飯就好了。」

萊恩趴在桌上，把喪氣的腦袋埋到外套裡面，很不滿。大家都跑去餐廳玩了，就他不能一起去，這世界對飯糰眞是太不友善了，那些侮辱飯糰的人害他不能換工作。

「我想換工作。」

爲什麼換工作這麼難？

08. 學長們都不是人

得不到新打工的萊恩一直到週末都還散發著怨氣。

得不到餐廳血案解答的褚冥漾一路帶著害怕抖到週末。

週六下午，來體驗週末正常時段打工的褚冥漾才剛和一對雙胞胎大學生員工稍微混熟，就看見他學長頂著那張零下三十度的美人臉走來準備台前。「褚，你現在有事情嗎？」

「我差不多可以休息了。」假日的日組到兩點，再幾分鐘就到了，褚冥漾正準備交接……其實他一個菜鳥新工讀也沒什麼好交接的，就是整理好物品，然後向日組的領班說一下要下班而已。

「你方便和我去送個餐嗎？加班費翻倍。」颯彌亞想想，說道：「不是客人單，是我私人要送過去的，不過一樣幫你算薪水。」

下午也沒什麼事情，褚冥漾沒多想，反正就是幫忙送個餐點還有加倍薪水，於是點頭答應了，一起去廚房領餐時順便跟米可蕥打個招呼要先走。

他學長要送的餐分量不少，足足四大袋，湯湯水水很仔細地分類裝好，各種套餐共十人份，每一袋都沉重到彷彿在重訓，難怪要找人幫忙一起送。

餐廳其實沒有外送服務，不過學長都說了是私人單，所以點餐的人不脫是親朋好友。出餐廳時外面已經備好車，兩人把餐點在後車箱放好就讓房車帶他們到目的地。大概是臨時抓人幫忙，他學長有點不太好意思，便解釋了送餐的原因——他有個好朋友很麻煩又挑嘴，身體不好所以禁忌食物一大堆，平常有工作時他都會幫朋友帶餐過去，避免對方被外面的食物毒死，不過今天朋友工作的地方好像出問題，那邊的負責人千拜託、萬拜託看看可不可以幫忙一起帶餐，才有了這件事。

褚冥漾是覺得沒差，有錢好辦事，雙倍的錢更好辦事了。

他們來到一棟漂亮的高級商業大樓，卸了四袋餐點後兩人一路進入警衛室被檢查學生證件，接著才放入搭電梯。

商業大樓有二十六層，褚冥漾看著按亮的樓層是十六樓，那層只有標示一家公司的名稱，似乎是個攝影棚之類的地方？

他對攝影棚的概念只有路上隨處可見的婚紗攝影，所以一時悟不了爲什麼攝影棚會開在這麼高級的商業大樓裡面，還霸氣地租了一整層。直到電梯門打開後，迎接他的高質感門面閃瞎

了他的狗眼，接著看見兩側放滿極爲專業的商業攝影作品，大多是人像，恐怖的是很多都是說得出名字的明星，國內外都有，就連重量級電影明星也找得到。

褚冥漾盯著一張名模戴著名錶的照片，面無表情地想，這張我在某一期的奢侈品雜誌封面看過，手錶售價的零好多。

一名看上去很精明幹練的漂亮姊姊走過來，連連道歉道：「不好意思讓你們這麼麻煩，小亞你們東西放著先進去吧，剩下的我處理就好。」

看他學長拎著一包特別分開裝的餐點熟門熟路地往內走，褚冥漾連忙跟上，順便偷甩兩下手。餐點眞的重，提一小段路手掌都有勒痕了，多虧保溫袋提繩很勇，沒有被那些餐點重斷。

整層公司分了好幾個區域，大部分的門都是關著的，雖然很好奇，不過褚冥漾沒膽自己亂跑，乖乖跟著學長轉來繞去，很快地對方推開了一扇門，裡面是個大大的攝影棚，兩側擺滿了道具服裝與各種稀奇古怪的物品，一進去就可以看見裡面的攝影師、燈光師與其他人員等等正在工作，他學長向那些人打個招呼，逕自走到後方另一側，那裡有兩、三間隔開的休息室，門是透明玻璃，可以看見外面的拍攝進度，想休息時拉上門簾就能遮蔽外面視線。

其中一間有著幾張或圓或方不同款式的桌椅，某張圓桌旁的大沙發上坐著一名少年，身上穿著一套很有氣質的素雅設計款服飾，可能年紀和他們差不多大，不過最讓褚冥漾驚訝的

是——這人長了一張和千冬歲幾乎一模一樣的臉。

少年正有節奏地敲著平板，可能在玩什麼遊戲，聽到聲響一抬頭，看見他們兩個推門進來，便馬上把平板放下。

「這位和我同班，也是你學長。」颯彌亞簡單替兩人互相介紹。

藥師寺夏碎，十七歲。

連忙向這位學長行禮後，褚冥漾才小心翼翼地開口：「夏碎學長你是千冬歲的……？」

「我們是同父異母的兄弟。」倒不介意直接承認身分，夏碎帶著溫柔的笑意看著學弟。其實他弟弟去餐廳應徵的那天，身邊的好友就已經告知他這件事，雖然不太了解爲什麼對方會突然放著家族事務跑去一家小餐廳工作，不過他想大概就是年紀到了，叛逆期吧。

「夏碎學長是模特兒嗎？」意識到帶他來的學長是幫眼前這位夏碎學長送餐，褚冥漾趕緊幫忙布置餐點，期間不小心瞄到桌面上的平板，果然是在打遊戲，還是款滿熱門的音遊，畫面停在過關計分表上，上面顯示煉獄級滿分。「……？」他沒有打過音遊，對這種遊戲的概念停留在太鼓達人，不曉得這種分數是不是正常。

「我只是兼差的業餘手模。」夏碎微笑著抬了一下修長無瑕的雙手，然後相當親切地用漂亮的手提過桌面上的水壺幫兩人各倒杯茶。

褚冥漾看了看還在拍攝的攝影棚，那裡仍有幾個打扮漂亮的模特兒正在擺姿勢，似乎是在拍一系列飾品，其中有名男性穿著的衣服就和夏碎學長身上的一模一樣。不過認眞地說，他怎麼覺得眼前兩位學長更像模特兒呢？

一個是攻擊性的美貌，既華麗又帶了種遺世獨立的高冷感，另一個則是氣質高雅到讓人想起溫潤如玉這樣的形容，雖然風格不同，但樣貌好到嚇人，看過就會記憶深刻這點不容反駁，三兩下就把那些專業模特兒和明星給比下去。

「他死不露臉，攝影師已經哭好幾次了，頂多就借手給他們近拍一些飾品手錶或小物什麼的。」颯彌亞把飯盒推到友人面前，順手沒收對方的平板。

「說得好像攝影師沒在你面前哭過呢，連雙手都不給拍。」夏碎看了眼自己的平板，聳聳肩，用叉子挖開給他的特製便當，還溫熱的鬆軟米飯立即傳出香氣。「學弟你在餐廳打工習慣嗎？」

「呃、還可以。」褚冥漾捧著茶杯連忙點頭。

踏入餐廳之後他一直很怕自己平常不太對勁的衰運會跟著來職場，不過就在打破第十一個

盤子後，他突然覺得也還好，畢竟餐廳奧客一週下來打破的盤子可能比他還多，他原本都做好天花板會坍塌的心理準備了。

不過也因爲盤子經常在他手上花式碎裂，庚學姊就不讓他碰昂貴的餐具了，避免他在餐廳打工打到倒貼餐廳。

夏碎點點頭，又說了幾句禮貌性關心的話，輕柔適中的聲音令人感到很舒服。

等到友人用餐告一段落後，颯彌亞才問道：「你不是拍到中午而已嗎？」

「嗯……」夏碎看了眼還在拍攝的幾名模特兒，視線停在其中一名知名偶像身上，低聲地告訴兩人八卦：「裡面有難搞的人，上午遲到好久，一直不進入狀況，剛剛要訂午餐時說便當菜過敏，鬧了一小段時間，負責人知道你都幫我帶餐盒，才有拜託你外送的這件事。」他也因爲這樣延遲下工，幸好他今天的部分早完成了，只須等一下負責人確認還有沒有什麼要補拍的而已。

「今天楓姊來接你嗎？」颯彌亞思考了片刻，問道：「如果等等就可以走人，要等你一起？」

楓姊是夏碎的母親，外表相當年輕，像二十出頭的大學生，她覺得叫阿姨很老，所以熟人便自動改口叫聲姊姊，很多人知道她有個高中生兒子都會露出一臉不敢置信和震驚，不過因爲

母親美兒子帥，各方追求者還是趨之若鶩。

這位美女的丈夫因爲當年與第二勢力聯手須鞏固關係，所以神不知、鬼不覺地收下對方送來的小女兒作爲情婦，還把人關在國外莊園好一段時間，楓發現時簡直氣炸了，直接往對方臉上甩了離婚協議，帶著尙小的兒子走人。

這些年雪野家倒是不斷送東西到藥師寺老家想要討好妻子、孩子，又或者只是做個樣子避免外界閒話太多，保持個深情形象……誰知道那位老總心裡在想什麼。反正那些東西被楓看也不看地全部退回，管他來源何處，只要看見雪野家就秒退，怎麼來的就怎麼回去。

早期頭兩次送那時她還會全扔進垃圾車，後來發現數量太多浪費人力，常常丟完自己肩膀手臂痠痛，更可惡的是還得一個一個拆開做垃圾分類，丟了兩次後就改變做法，乾脆當下第一時間全退更快。

夏碎隨著母親離開後便和雪野家沒往來，不清楚那些禮物和彎彎繞繞，反正從小到大看著母親把三不五時送來的物品全數退回也看習慣了，他便沒特別過問。

藥師寺家雖不是什麼大企業，但小公司的生意也做得很穩，不缺外來的那些禮品，且他被友人家長輩盯上後多了攝影的打工，有份額外零用錢過得還滿滋潤的，需要什麼基本上都有。

「媽會來接，她想看新上映的英雄電影，如果你們不趕時間，要一起去嗎？大概再等我半

個小時左右。」夏碎微笑著朝友人和學弟發出邀請。「我這裡有好多的公關票。」

看著夏碎學長從自己背包裡掏出一小疊紙然後展開成扇形，褚冥漾不由得認同，眞的是好多的票，而且是好幾家不同的電影院，爲什麼會有這麼多的公關票？

「我都可以，褚一起？」颯彌亞看著靈魂一直常駐在外的學弟，無法理解這學弟爲什麼可以一天到晚呈現呆滯貌。

「可、可以。」褚冥漾下意識點頭，幾秒後才驚嚇地發現自己答應了什麼。

爲何莫名其妙就和剛認識的學長及沒見過面的學長媽媽一起去看電影？

「還有位小表妹也會一起來，她很可愛，叫作小亭，你們應該會很合。」夏碎收起手上的票券，努力地把被放到另一邊的平板挪回來。「褚如果你想到處看看也可以，不要打擾到拍攝工作就好了。」

褚冥漾點點頭，不過他怕自己會讓整個攝影棚燒起來，雖然對這裡的各種事物很好奇，但最後還是乖乖地原位坐好，看夏碎學長打開平板和手機，那架勢似乎是想要錄剛剛在玩的那個遊戲。

「有位朋友找我錄個通關指法。」夏碎找出指定曲，把手機放在正好能拍到手和平板的位置。吃飯前他本來正要暖手，趁著等待時間要拍這段影片。

颯彌亞看過很多次倒沒有什麼想法，一邊的褚冥漾是第一次看人拍攝玩遊戲，有點好奇地盯著平板看，等到音樂開始後，他的目光從一開始的懵懂好奇逐漸變成驚嚇。

褚冥漾一直覺得那種出現殘影的影片都是誇張化居多，直到他今天在這裡活生生看著一個優雅學長用雙手在平板上對著放出來的音樂節奏敲出殘影。

所謂煉獄級的關卡根本快到他都來不及數拍子，但夏碎學長卻每個音和節奏點都對到了，帶著微笑、輕鬆愜意地完美擊點，看起來格外治癒和賞心悅目，五分鐘過後，一張滿分的通關計分表又重新出現在他眼前。

等到他回過神，夏碎學長已經把手機錄影關掉了，影片錄得很完整，第一時間就傳送出去給請託的人。

……所以說，學長們都不是人吧。

他還以爲會打架殺人的學長已經夠厲害了，沒想到這裡居然還有個神級遊戲學長。

到底是怎麼做到煉獄滿分的？

手不會抽筋嗎？

手模的手都是這樣訓練出來的嗎？

「夏碎學長好厲害。」褚冥漾吞了吞口水，開始思考這位學長是不是可以像某經典音樂電

影一樣，彈完鋼琴後直接用琴弦點菸。

「還好，這程度很正常，亞也敲得出來呢。」夏碎微笑著蓋上平板，沒讓驚恐的學弟看見他後面驚人的排行表。

褚冥漾大震驚地轉向坐在旁邊喝茶的學長。

長得美、腦袋好、武力值高、可以管理一整家餐廳，還把遊戲打成殘影這樣對嗎！

「……不是反應夠快就可以了嗎？」其實不太玩這類遊戲，不過颯彌亞之前被友人按著一起玩的時候，並不覺得有多大難度。

「不、不可以。」褚冥漾馬上搖頭。「至少人類不可以。」

所以在他們眼中的正常到底是什麼正常？

仙女星球的正常嗎？

學長們果然都不是人類吧！

絕對不是！

《晝夜循環》未完待續

○晝夜循環小劇場○

腳本／護玄
繪／紅麟

防身

你可以找他學防身術。
萊恩示範一下。
喔……

走過去～
……

砰！

看懂了嗎？
我的腦袋和手都說它們看不懂。
我錯了！對不起！
饒命～
我們再也不踢垃圾桶了！

秒殺太專業正常百姓學不會

友情

怎麼了嗎？

萊恩很少說話，看不出來情緒。
我怕他不喜歡我擅自當他朋友。

很簡單呀！你稱讚他的飯糰就知道了。
總之，試著稱讚看看。
你的飯糰真美。
對吧！你看這形狀很美！
這個顏色太美麗了！
還有這個……

就這樣交上朋友

手模

夏碎學長是不露臉的兼職手模
手部特寫

當手模有什麼特別要求嗎？

掌紋要漂亮吧。
生命線太短嚇到人，感情線也不能太多條。
事業線得要弧度優美。
最好不要有斷掌，必須旺家旺妻旺祖先。

當真了呢

娛樂

拍攝時經常要自己打發等待時間

你有玩這款遊戲啊，我可是榜上有名喔，××極限關卡會打嗎？
打場來看看
可以啊。

Full Combo

這樣可以嗎？

打發時間的榜首大魔王

特製便當

因為好友體質關係，亞常幫忙外送特製便當。
禁忌食物多也很麻煩呢。
挑選和烹煮很費工夫

單純吃飽的話算簡單。
?

這讓我想起亞最初嘗試幫忙做午飯的時候呢。

他剛開始只會在飯盒裡面塞滿水煮菠菜和白飯。
午餐虐待!?

當年就這樣吃了一個禮拜

打聽情報

那個……
聽說你認識我哥了?
嗯?

可以請問我哥有什麼小地方讓你感覺比較特別或擅長嗎?
……

印象強烈!
飛速

手速很厲害!
超級厲害!
???

感覺好像哪裡不對，但說不出來

TO BE CONTINUED★

作者／護玄
插畫／紅麟
出版社／蓋亞文化有限公司
地址◎ 台北市103承德路二段75巷35號1樓
電話◎（02）25585438　傳眞◎（02）25585439
部落格◎ gaeabooks.pixnet.net/blog
臉書◎ www.facebook.com/Gaeabooks
電子信箱◎ gaea@gaeabooks.com.tw
郵撥帳號◎ 19769541　戶名：蓋亞文化有限公司
法律顧問／宇達經貿法律事務所
出版／2021年11月
Printed in Taiwan

Gaea

Gaea

Gaea

Gaea

Gaea

Gaea

廣告回信 郵資免付
台北郵局登記證
台北廣字第00675號

TO：蓋亞文化有限公司　收
103 台北市承德路二段75巷35號1樓

蓋亞文化　讀者迴響

感謝您在茫茫書海中選擇了蓋亞，您的支持是我們最大的動力。
不要缺席喔，讓我們一起乘著夢想的羽翼，穿越時空遨遊天地！

姓名：　　　　　　　　　性別：□男□女　　出生日期：　年　月　日
聯絡電話：　　　　　　　手機：
學歷：□小學□國中□高中□大學□研究所　　職業：
E-mail：　　　　　　　　（請正確填寫）
通訊地址：□□□
本書購自：　　　縣市　　　　書店
何處得知本書消息：□逛書店□親友推薦□DM廣告□網路□雜誌報導
是否購買過蓋亞其他書籍：□是，書名：　　　　□否，首次購買
購買本書的動機是：□封面很吸引人□書名取得很讚□喜歡作者□價格便宜 □其他
是否參加過蓋亞所舉辦的活動： □有，參加過　　場　　□無，因爲
喜歡出版社製作什麼樣的贈品： □書卡□文具用品□衣服□作者簽名□海報□無所謂□其他：
您對本書的意見： ◎內容／□滿意□尚可□待改進　　◎編輯／□滿意□尚可□待改進 ◎封面設計／□滿意□尚可□待改進　◎定價／□滿意□尚可□待改進
推薦好友，讓他們一起分享出版訊息，享有購書優惠 1.姓名：　　　　e-mail： 2.姓名：　　　　e-mail：
其他建議：

國家圖書館出版品預行編目資料

特殊傳說.III / 護玄 著.
——初版.——台北市：蓋亞文化，2021.11
冊；公分.

ISBN 978-986-319-606-8（第四冊：平裝）

863.57 109020985

悅讀館 RE394

作　　者　護玄
插　　畫　紅麟
封面設計　莊謹銘
主　　編　黃致雲
總 編 輯　沈育如
發 行 人　陳常智
出 版 社　蓋亞文化有限公司
地址：台北市103承德路二段75巷35號1樓
電話：02-2558-5438　傳眞：02-2558-5439
電子信箱：gaea@gaeabooks.com.tw
投稿信箱：editor@gaeabooks.com.tw
郵撥帳號 19769541　戶名：蓋亞文化有限公司
法律顧問　宇達經貿法律事務所
總 經 銷　聯合發行股份有限公司
地址：新北市新店區寶橋路二三五巷六弄六號二樓
電話：02-2917-8022　傳眞：02-2915-6275
港澳地區　一代匯集
地址：九龍旺角塘尾道64號龍駒企業大廈10樓B&D室
電話：+852-2783-8102　傳眞：+852-2396-0050
初版一刷　2021年11月
定　　價　新台幣 260 元
Published and printed in Taiwan

ISBN 978-986-319-606-8

逃院

離開小花園後
去探了萊恩病房
唰
呦！大爺來看僕人的朋友了！
？

你想要啥探病禮？
大爺出任務可以幫你帶個！

我想要逃院。
妥！
我們朝著夕陽逃吧！
年輕就是要衝出世界

然後就這樣突然逃出醫療班

腳本／護玄
繪／紅麟